遥想三国英雄的叱咤风云和义薄云天

品读《三国演义》经典诗词

[ 中国诗词大汇 ]

# 品读醉美四大名著
## 之
# 《三国演义》经典诗词

郝豪杰·编著

SH 中国言实出版社

**图书在版编目（CIP）数据**

品读醉美四大名著之《三国演义》经典诗词 / 郝豪
杰编著. -- 北京：中国言实出版社，2021.2
　　ISBN 978-7-5171-3695-8

　　Ⅰ.①品… Ⅱ.①郝… Ⅲ.①古典诗歌-诗歌欣赏-
中国②《三国演义》研究 Ⅳ.①I207.2②I207.413

中国版本图书馆CIP数据核字（2021）第002349号


**责任编辑** 郭江妮
**责任校对** 代青霞


**出版发行** 中国言实出版社
　　　　　地　址：北京市朝阳区北苑路180号加利大厦5号楼105室
　　　　　邮　编：100101
　　　　　编辑部：北京市海淀区花园路6号院B座6层
　　　　　邮　编：100088
　　　　　电　话：64924853（总编室）　64924716（发行部）
　　　　　网　址：www.zgyscbs.cn
　　　　　E-mail：zgyscbs@263.net
**经　销** 新华书店
**印　刷** 北京市兴怀印刷厂
**版　次** 2021年10月第1版　　　2021年10月第1次印刷
**规　格** 880 mm×1230 mm　　　1/32　　8印张
**字　数** 237千字
**定　价** 42.80元　　　　　　　　ISBN 978-7-5171-3695-8

受民间说话、说唱文学艺术传统的深远影响，自唐代传奇开始，我国古典小说在体裁上便呈现出"文备众体"的艺术特色，其表现之一就是在小说中夹杂有大量的诗词歌赋。作为中国小说史上第一部长篇历史演义小说的《三国演义》，虽然以战争为主要表现题材，但其中也包含了大量的诗词歌赋。

纵观全书，《三国演义》以词开头，以诗结尾，首尾呼应，结构完整。打开小说，卷首便是杨慎的《临江仙》。它写出了古往今来历史的更迭变化，与接下来所写的"话说天下大势，分久必合，合久必分"相对应。此词作为小说之卷首顿显雄豪悲壮，以此为基调展开了三国风起云涌的壮阔篇章。与卷首词遥相呼应的是卷尾的一首古风，共五十二句，三百六十四字，篇幅较长，意在"将全部事迹隐括其中"。

《三国演义》中的一些诗词直接对人物进行了肖像描写，如第四十二回中的"长坂桥头杀气生，横枪立马眼圆睁。一声好似轰雷震，独退曹家百万兵"，第五回三英战吕布中的"踊出燕人张翼德，手持蛇矛丈八枪。虎须倒竖翻金线，环眼圆睁起电光"，把张飞的豹头、圆眼、雷吼以及他所特有的勇和猛表现得淋漓尽致，人物形象因此栩栩如生，跃然纸上。有的诗词以第三人称评价的方式来塑造人物形象，如第二十三回中，描写国医吉平临危不屈的诗句："汉朝无起色，医国有称平。立誓除奸党，捐躯报圣明。极刑词愈烈，惨死气如生。十指淋漓处，千秋仰异名。"仅这几句诗便使吉平的形象跃然纸上，吉平立誓要除汉贼曹操，是其忠心；宁死不招国舅董承，是其义气；被施以极刑，仍坚韧不屈，虽死却浩气长存，为真忠臣也！

小说最讲究的是故事情节。情节愈曲折多变、丰富多彩，愈能吸引读者的兴趣。在《三国演义》中，诗词在推动故事情节方面有着重要的作用。在第四回，少帝被困于永安宫中，偶见双燕飞于庭中，遂吟诗一首："嫩草绿凝烟，袅袅双飞燕。洛水一条青，陌上人称羡。远望碧云深，是吾旧宫殿。何人仗忠义，泄我心中怨！"被囚禁于宫中的少帝看见自由自在飞翔的双燕，引发了自己对自由的渴望，希望能有忠义的臣子救自己于危难之中，发泄心中的怨气。这首诗不仅写出了少帝心中的真实想法，也为后文少帝之死埋下了伏笔。

《三国演义》通篇都表现了儒家的道德伦理，即忠孝节义，舍生取义，维护正统。对符合儒家伦理的行为进行歌颂赞扬，反之则进行批评嘲讽。如赞扬忠君爱国的丁管："董贼潜怀废立图，汉家宗社委丘墟。满朝臣宰皆囊括，惟有丁公是丈夫。"贬斥挟天子以令诸侯乱君臣之大礼的曹操："曹瞒凶残世所无，伏完忠义欲何如。可怜帝后分离处，不及民间妇与夫。"且在《三国演义》的诗词中特别地表现了作者对女子的态度，即用儒家的妇女观评价女子、歌颂贞洁烈妇，但这样塑造的女性人物形象便觉单一化、脸谱化，无法表现出人物的复杂性。如赞徐庶之母："贤哉徐母，流芳千古。"赞糜夫人："拼将一死存刘嗣，勇决还亏女丈夫。"赞徐氏为夫报仇："庸臣从贼忠臣死，不及东吴女丈夫。"这类诗词的审美价值不大，作者在这里仅把诗用作传颂儒家伦理道德的工具。诗以载道，因此这些诗词读来只觉乏味，缺少诗词应具有的美感。

纵观整本小说，《三国演义》的诗词在文本中的作用不可谓不大，这些诗词不仅使小说的情节更加完整，而且更加具有可读性，也使小说结构更加严谨，人物形象更加栩栩如生。

本书收集了《三国演义》的部分诗词，按原书章回编排整理，对每首诗词都做了详细的注释和赏析，力图使作者通过这些诗词增进对《三国演义》这部名著的理解。

编　者

# 目录

# 卷首词

## 临江仙·滚滚长江东逝水

滚滚长江东逝水，浪花淘尽英雄。是非成败转头空：青山依旧在，几度夕阳红。

白发渔樵江渚上①，惯看秋月春风。一壶浊酒②喜相逢：古今多少事，都付笑谈中。

### 注 释

①渔樵：打鱼、砍柴的人，这里指隐者。江渚：江中的小洲。
②浊酒：农家酿的酒，不清醇。

### 赏 析

这首词原为杨慎《廿一史弹词》第三段《说秦汉》的开场词。清初，毛纶、毛宗岗父子在重批《三国演义》时，联想到这首词与小说一致的主调和意境，将其添加在小说开篇。对于《三国演义》而言，这无疑是画龙点睛，锦上添花。

词的上片从大处落笔，写古来多少英雄只如大浪淘沙般，转眼成空，格调苍凉悲壮。前两句由杜甫的"不尽长江滚滚来"和苏轼的"大江东去，浪淘尽，千古风流人物"化出，表现历史洪流的无穷无尽，波澜壮阔。第三句直接抒发词人对历史和人生的感悟。"青山依旧在，几度夕阳红"两句，则是在景语中蕴含深刻的哲理，引人生发联想。

下片写江上渔樵饮酒闲话，格调转为淡泊超脱。"惯看秋月春风"一句，点出"渔樵"的阅历丰富。他们历经沧桑，看惯了世事变迁，大彻大悟，正因如此，才能将古今事"都付笑谈中"。"笑谈"二字，于平淡宁静之中见旷达豪放之气。

《三国演义》中的诗词多写具体的人物和事件。这首词却不同，它纵古今兴亡盛衰，将英雄成败置于永恒的宇宙和无尽的历史长河中，大气磅礴，意境开阔，给读者丰富的想象空间。将这首词放在《三国演义》的卷首，起到了提纲挈领的作用。

# 第一回

## 英雄露颖

英雄露颖①在今朝，一试矛兮一试刀②。
初出便将威力展，三分③好把姓名标。

**注 释**

①露颖：冒尖。颖，细而尖的东西。
②矛：张飞新打造的丈八点钢矛。刀：关羽新打造的青龙偃月刀。
③三分：东汉末年，天下三分，形成魏、蜀、吴三国鼎立的历史局面。

**赏 析**

　　这是一首议论诗。刘备、关羽和张飞桃园三结义后，聚乡勇数百人，应幽州太守刘焉榜文招募，投奔而去，首战便败黄巾军于涿郡。

　　这首诗在嘉靖本和毛氏本中的文字略有不同。嘉靖本上联以"欲教勇镇三分国，先试衡钢丈八矛"赞颂张飞；下联以"惟凭立国安邦手，先试青龙偃月刀"赞颂关羽，意思是未来三分天下的蜀国开国元勋身手不凡，在首战黄巾军的战斗中脱颖而出，勇猛威武。毛氏本将这两联意思凝缩后，又增添了新意："英雄露颖在今朝。"这一新意直接揭示了"时势造英雄"的历史辩证法。大凡动荡分化、改朝换代的历史时期，能够打破纲常名教的封建秩序，为

3

人才的脱颖而出提供了条件。特别是像关羽、张飞这样社会底层的英雄豪杰,适逢历史契机,沧海横流,方显英雄本色。

　　清代诗人魏源说得好:"虎虬变化天晦冥,不遇风云终不成。"龙和虎发威之时,虽能教天昏地暗,但如果没有风和云的资助,也是有心无力。毛氏本这首诗比嘉靖本略胜一筹,胜在不单纯只赞美关羽、张飞的英武,而是以关羽、张飞的脱颖而出,展示人才的作为与历史机遇的关系,深化了诗的主题。

# 运筹决算

运筹①决算有神功,二虎还须逊一龙②。
初出便能垂伟绩,自应分鼎③在孤穷。

## 注 释

①运筹:筹划情况,制定策略。
②二虎:即关羽、张飞。逊:比不上。一龙:暗喻刘备。
③分鼎:汉人因鼎有三足,来比喻三分天下、三雄并峙的局面。

## 赏 析

　　这首诗未出现在嘉靖本中,是毛氏修订时增补的。

　　显而易见,这是毛宗岗修订《三国演义》时,针对刘、关、张为保青州而大败黄巾军有感而发。小说以蜀汉人物为中心,而蜀汉的核心人物又是诸葛亮,此诗中含蓄地披露刘备虽"初出便能垂伟绩",但半生均东奔西走,无立足之根基,这与刘备集团的人才结构不合理有关,缺少智囊人物,即"逊一龙"。直到第三十五回写刘备被蔡瑁追杀,落荒而逃,走到"孤穷"的地步,经水镜先生指点，才意识到谋臣的重要。水镜先生同刘备说："关、张、赵云，皆万人敌，惜无善用之人。若孙乾、糜竺辈，乃白面书生，非经纶济世之才也。伏龙、凤雏，两人得一，可安天下。"后经谋臣徐庶举荐，刘备三顾茅庐，请诸葛亮出山。这之后刘备集团的人才结构才趋于合理，并逐渐走上了三足鼎立的开拓之路。因此有"自应分鼎在孤穷"一说。

# 第三回

## 何进之死

汉室倾危天数①终，无谋何进作三公②。

几番不听忠臣谏，难免宫中受剑锋。

### 注释

①天数：封建时代人们把一切不可理喻、不可抗拒的变化都归为上天安排的命运，称为天数。

②三公：东汉时以太尉、司徒、司空为三公，是朝廷中最显贵的三个官职的合称。何进：灵帝何皇后之兄，黄巾起义爆发后，被封为大将军，这里用三公称其权势显赫。

### 赏析

　　何进欲诛宦党之计暴露后，被宦官张让等伏兵砍死。作者用本诗比喻何进的无才无能所带来的祸患。这几句话是对何进失败教训的一个最好的总结。

　　在与宦官十常侍的斗争中，何进始终表现得少谋无能。如曹操、陈琳等人曾多次劝告他不可高调要官回京，以免暴露机密，反遭杀身之祸，可他执拗不听，最后果真泄

密。陈琳、袁绍和曹操见势不妙，就告知他不可轻易进宫，可何进仍执迷不悟，最终被杀害。何进的缺智少谋，加之主观臆断，导致了他最终的失败。"几番不听忠臣谏，难免宫中受剑锋。"这句话告诫人们，做事要善于虚心听取他人的意见，不要刚愎自用、一意孤行。

# 赞赤兔马

奔腾千里荡尘埃，渡水登山紫雾开①。
掣断丝缰摇玉辔②，火龙飞下九天来③。

## 注释

①紫雾：即紫气。传说老子西游出关前，关令尹喜见紫气浮关。后用作喜逢贤人的典故。
②掣（chè）：拉。辔：驾驭牲口的嚼子和缰绳。
③火龙：火星。九天：极言其高。

## 赏析

董卓独揽朝政，想废少帝而立陈留王，百官大多惧怕董卓成势，不敢作声。只有荆州刺史丁原不畏强权，仗义执言。董卓因此恼羞成怒，欲除之而后快，却又惧怕丁原义子吕布。谋士李肃与董卓密谋，于是带着金珠玉带，牵着赤兔马来见吕布。

赤兔马神骏无匹，非超凡之人不能驾驭。只见它"浑身上下，火炭般赤，无半根杂毛；从头至尾，长一丈；从蹄至项，高八尺；嘶喊咆哮，有腾空入海之状"。

这首诗歌的前两句对赤兔马进行立体式的描摹刻画。"奔腾千里荡尘埃"是在极力夸赞赤兔马耐力好、速度快，让人似

乎看到它在旷野上飞速奔驰，扬起无数尘埃。
"渡水登山紫雾开"，主要写赤兔马登山涉
险的能力：它越过河流，如履平地；翻
过高山，轻松自如。当它穿云破
雾迎面奔来时，人们会不由得惊
叹：这是人间的马吗？它简直是天
上的火龙，挣开了缰绳，摇动
着玉辔，从天庭飞到了人间。

　　像吕布这样一位虎将，得
到赤兔马可谓如虎添翼。从此，吕布乘着此
马，挥舞着方天画戟，征战沙场，威震四方，有
"人中吕布，马中赤兔"之美誉。

# 第四回

## 董贼潜怀

董贼潜怀①废立图，汉家宗社委②丘墟。
满朝臣宰皆囊括③，惟有丁公是丈夫。

---

### 注释

①潜怀：内心隐藏着。
②宗社：宗庙和社稷。古时用作国家的代称。委：委弃。
③囊括：把全部包罗在内。

---

### 赏析

董卓进京之时，宦官已被杀绝，外戚亦无实力，这给他提供了干政的机会，激发了他觊觎皇位的野心。当时可以左右政局的，除董卓外，还有丁原。董卓做的第一件事就是废了少帝，立少帝之弟陈留王刘协为汉献帝，从而控制了皇权。董卓让当时只有9岁的汉献帝成了自己任意摆布的傀儡皇帝，挟天子以令诸侯。

董卓很有政治手段。他毫不留情地采取各种手段镇压和谋杀反对派，致使满朝文武屈从其淫威。他成为控制朝廷的唯一权力人物。尽管如此，面对董卓废帝之事，尚书丁管还是挺身而出，大义

凛然，直面怒斥董卓，以象简击之，以颈血溅之。董卓命人将其拉出，丁管面不改色，视死如归。这首诗最早出自《三国演义》李卓吾评本，为明人周静轩所作。小说插入这首诗赞颂丁管，进一步渲染反暴君、反董卓的政治气氛，借以高扬"忠臣"这一代表封建伦理道德的观念。

# 嫩草绿凝烟

嫩草绿凝烟①，袅袅②双飞燕。

洛水一条青③，陌上人称羡④。

远望碧云⑤深，是吾旧宫殿。

何人仗忠义，泄我心中怨！

## 注释

①绿凝烟：凝聚着绿色，远望如烟如雾。
②袅袅：轻柔的样子。
③洛水：发源于今陕西，东南流向，经洛阳城南，与伊水汇合后在河南巩义市入黄河。
④陌上：指田间小路上。称羡：称颂、羡慕。
⑤碧云：喻远方。多用以表达离情别绪。

## 赏析

何进被杀后，汉少帝成了一个既无宦官势力支撑，又无外戚撑腰的傀儡皇帝。汉中平六年（189），汉少帝在位仅5个月，就被董卓逼迫退位，废为弘农王。"与何太后、唐妃困于永安宫中，衣服饮食，渐渐少缺；少帝泪不曾干。一日，少帝偶见双燕飞于庭中"，触景生情，吟了此诗。这首诗是汉少帝内心感情的外在流露。它真实地再现了在董卓篡权的特定历史环境下，一个废帝被幽禁在冷宫，内心无限的痛苦、难言的愤懑和万般的无奈。这样的诗，既是小说塑造人物的有机组成部分，也是推动情节发展的内在动力因素。

　　这首诗的内容有两层含义，第一层是前二句，景物描写："嫩草绿凝烟，袅袅双飞燕。"它点明春光明媚，洛河长长，碧草青青，双燕翩翩，自由自在，好不快活。第二层，对比正值青春年华的少帝却被囚禁深宫，生死未卜。两相映衬，曲折地表现了他对皇权被废的不解，身被囚禁的孤苦，遭欺凌的悲痛。"远望碧云深，是吾旧宫殿。"当他情不自禁地遥望昔日的皇宫，可望而不可即，却又念念不忘。面对残酷的现实，少帝无处发泄心中的仇恨。他毕竟是一个废帝，虽然落到如此境地，仍茫然地希冀和仰仗"何人"，不忘朝纲之义、臣子之忠替他出这口怨气！

# 少帝诀别歌

天地易兮日月翻①，弃万乘兮退守藩②。
为臣逼兮命不久，大势去兮空泪潸③。

## 注 释

①易：变化。翻：颠倒。
②万乘：周制，天子有领土方千里，可出兵车万乘，后以万乘代指皇帝或皇位。守藩：封建时代诸侯的封国。
③潸（shān）：形容流泪。

## 赏 析

　　董卓的政治野心，使他早有了杀害何太后和少帝的想法，因为这就相当于拔掉了朝官和名士所依凭的旗帜。他只是等待机会。当他得知少帝作了一首怨诗，便说："怨望作诗，杀之有名矣。"遂命李儒以鸩酒毒害之。少帝临死前与唐妃诀别，作悲歌一首。

　　少帝这曲悲歌，《后汉书》上有记载："天道易兮我何艰，弃万乘兮退守藩。逆臣见迫兮命不延，逝将去汝兮适幽玄！"它与小说中的略有不同，意思一致。小说中的这首悲歌更通俗一些。

当了半年的皇帝就被废掉了，如今董卓又命李儒"以鸩酒奉帝"，逼他饮毒酒自尽，这真是天地骤变，日月颠倒。在少帝看来，封建社会的正常秩序，即"君君、臣臣、父父、子子"一下子改变了。"弃万乘兮退守藩"，从一个"弃"字到一个"退"字，把他被逼而又无奈的情形展露无遗。他从皇帝贬为弘农王，成了藩王，但这并没有让他摆脱悲剧的命运。"为臣逼兮命不久"，到了非死不可而又无力抗拒时，他绝望地发出哀鸣："大势去兮空泪潸！"末句比史书上记载的"逝将去汝兮适幽玄"更为凄楚，更为清醒。因为"去汝"，即离开唐妃；"适幽玄"，即到阴间，只是叙述了一个生死过程，而没有把这个过程中少帝内心世界从无奈到绝望的惨痛表达出来。小说的这末句一语中的，"大势去"，即皇位丧失，便注定一切皆完；"空泪潸"，即白白地流泪，已从绝望的痛楚中走向清醒得近乎无情的地步。

# 唐妃诀别歌

皇天将崩兮后土颓①，身为帝姬兮命不随。
生死异路兮从此毕，奈何茕速兮心中悲②！

**注 释**

①皇天：古代称苍天为皇天，这里指少帝横遭迫害。后土：古代指大地为后土。这里指唐妃自喻，天崩地陷，自己也将被摧残而夭亡。
②茕速：疾速。这里指董卓及李儒杀害少帝来得非常突然。

**赏 析**

少帝临死前与唐妃诀别时，吟诗。唐妃因此和歌一曲。歌罢，相抱而泣。

唐妃这首诗在《后汉书》上也有记载："皇天崩兮后土颓，身为帝兮命夭摧！死生路异兮从此毕，奈我茕独兮心中哀！"为了符合小说情节的变化，小说的文字与史书记载略有不同。史载唐妃自少帝死后，回到家乡，守节不嫁。后来汉献帝听说了此事。"感怆，乃下诏迎姬，置园中，使侍中持节拜为弘农王妃。"小说把"茕独"一词改为"茕速"，虚构了李儒"叱武士绞死唐妃"，以此来渲染董卓的残暴。

"皇天将崩兮后土颓"这一句呼应少帝的"天地易兮日月翻"。在唐妃看来，少帝被逼死与天崩地塌一般，自己也会遭殃。她与少帝的思想和情感丝丝入扣。小说描写李儒逼迫少帝饮鸩酒自尽时，唐妃愿以身相替，跪告曰："妾身代帝饮酒，愿公存母子性命。"遭到李儒的拒绝，小说也因此把史书记载的"身为帝兮命夭摧"改为"身为帝姬兮命不随"，即连夫妻相随而死都不能，表达了唐妃内心极度的悲伤。"生死异路兮从此毕"，唐妃不知道自己也将被杀害，所以说丈夫要走上死路，而自己还苟活着，两人走在不同的道路上，生死诀别，从此完结。《唐妃诀别歌》感情的脉络是从呼天抢地的控诉，进而渐渐转到呜咽抽泣，其悲其痛，摧人肺腑，令人心碎！

# 赞伍孚

汉末忠臣说伍孚[①]，冲天豪气世间无。

朝堂杀贼名犹在，万古堪[②]称大丈夫！

> **注释**
>
> ①伍孚：东汉末大臣。献帝时任越骑校尉。因不满董卓暴虐，伺机刺杀董卓未遂，被董卓杀害。
> ②堪：可以，能够。

## 赏析

董卓的倒行逆施，激起满朝官员的反对。越骑校尉伍孚愤恨不平，在朝服内暗藏短刀欲杀卓，未成功，惨遭杀害。此诗即赞之。

"汉末忠臣说伍孚"，是指伍孚杀董卓，为的是维护汉室的君臣之纲。"卓问曰：'谁教汝反？'孚瞪目大喝曰：'汝非吾君，吾非汝臣，何反之有？'"一语道明伍孚所代表的传统君臣文化关系，其核心是忠孝道德。不构成君臣关系，也就没有忠孝可言，伍孚因此义正词严地驳斥董卓"何反之有"。臣民文化具有双重性。臣民对君主的绝对服从是一种政治人格，常常化作臣民主体性的价值认同和道德选择，成为一种道德人格，他们不仅对君主绝对服从，而且为维护君主的至高无上，敢于赴汤蹈火，自我牺牲。正如伍孚怒斥董卓所言："汝罪恶盈天，人人愿得而诛之！吾恨不车裂汝以谢天下！"其实，满朝文武敢于挺身而出的，毕竟凤毛麟角，因此，小说家高度赞扬他："万古堪称大丈夫！"

# 第五回

## 关云长温酒斩华雄

威震乾坤第一功，辕门画鼓①响冬冬。
云长停盏②施英勇，酒尚温时斩华雄。

**注释**

①辕门：将帅军营或官署外的大门。画鼓：用颜色涂饰外表的军中战鼓。
②停盏：放下酒杯。盏，浅而小的杯子。

**赏析**

　　想要成名，需要大舞台；一旦登场，要有碰头彩。关羽在成为叱咤风云的名将之前，也有一个登台亮相的舞台。为了关羽的出场，作者做足了铺垫。

　　当袁绍率十八路诸侯讨伐董卓时，董卓手下大将华雄一出场，就一连斩杀联军的数员大将，把号称江东猛虎的孙坚也追杀得落荒而逃。当"众皆失色"无人敢再次应战之时，关羽毛遂自荐，这反而激怒了袁术："量一弓手，安敢乱

言！与我打出！"袁绍也说："使一弓手出战，必被华雄所笑。"铺陈至此，吊足了大家的胃口。尽管如此，关羽还是毅然提刀上马直奔沙场。接下来，作者并没有按常理去正面刻画关羽如何斩杀华雄，而是运用侧面描写的手法，把镜头留在帐内。诸侯们"听得关外鼓声大振，喊声大举，如天摧地塌，岳撼山崩，众皆失惊"。

关羽出战前，曹操曾亲自斟了一杯热酒为他壮行。关羽自信而豪迈地说："酒且斟下，某去便来。"酒杯中的热气冉冉上升，在还未散尽时，关羽已经凯旋。一代名将登舞台，曹操、关羽两位英雄的风云际会也就此拉开序幕。

这四句诗，句句如暴风疾雨，字字如战鼓擂响，节奏急切，铿锵有力，读来令人热血沸腾，心中涌起万丈豪情。

# 三英战吕布

汉朝天数当桓灵，炎炎红日将西倾。

奸臣董卓废少帝，刘协懦弱魂梦惊。

曹操传檄①告天下，诸侯奋怒皆兴兵。

议立袁绍作盟主②，誓扶王室定太平。

温侯吕布世无比，雄才四海夸英伟。

护躯银铠砌龙鳞③，束发金冠簪雉尾。

参差宝带兽平吞，错落锦袍飞凤起。

龙驹跳踏起天风，画戟荧煌射秋水。

出关搦战谁敢当？诸侯胆裂心惶惶。

踊出燕人张翼德，手持蛇矛丈八枪。

虎须倒竖翻金线，环眼圆睁起电光。

酣战未能分胜败，阵前恼起关云长。

青龙宝刀灿霜雪，鹦鹉战袍飞蛱蝶。

马蹄到处鬼神嚎，目前一怒应流血。

枭雄玄德掣双锋④，抖擞天威施勇烈。

三人围绕战多时，遮拦架隔无休歇。

喊声震动天地翻，杀气迷漫牛斗寒。

吕布力穷寻走路，遥望家山拍马还。

倒拖画杆方天戟，乱散销金五彩幡。

顿断绒绦走赤兔，翻身飞上虎牢关⑤。

### 注释

①曹操传檄：曹操刺杀董卓未遂，逃回家乡，招募义兵，举事讨董。于是先发矫诏，驰报各地，组织各路诸侯联军。

②袁绍作盟主：十八路诸侯讨董联军，公推"四世三公"的袁绍为盟主，调遣各路军队指挥作战。

③砌龙鳞：形容铠甲镶嵌的铁片像龙鳞一样闪闪发光。

④枭雄：骁悍雄杰的人物。掣：抽。双锋：双剑。

⑤虎牢关：古关隘名，形势险要，是军事重镇。

### 赏析

这篇叙事长诗从大处着墨，按时间顺序，粗线条地勾勒了一幅广阔的时代背景，简约而大气。

诗歌前八句叙述了"三英战吕布"发生的背景：董卓灭国弑君，残害生灵，天怒人怨。曹操传檄天下，十八路诸侯群起响应，共推袁绍为盟主，在虎牢关与董卓展开大战。

接下来的八句盛赞吕布的英武豪迈。先是一句总括："温侯吕布世无比，雄才四海夸英伟。"然后采用铺陈的手法，热情洋溢、不惜笔墨地详细刻画了他亮光闪闪的护身铠甲，簪着雉尾的束发金冠，野兽平吞的腰间宝带，随风飘动的飞凤战袍，跳踏起风的赤兔宝马，光芒四射的方天画戟。吕布这一亮相，无比威风，杀气腾腾。吕布连斩数将，令诸侯丧胆，无人敢迎战。层层铺垫，为刘关张出场做足了准备。

　　紧接着描绘了激战场面，这是全诗的重心。张飞挺枪跃马，迎战吕布。两人酣战多时，不分胜负。关羽挥舞青龙偃月刀、刘备掣出双股剑也来助战，"这三个围住吕布，转灯儿般厮杀，八路人马，都看得呆了"。即使以一挡三，吕布也毫无惧色。杀声震天，烟尘弥漫，三英越战越勇，最终逼迫"吕布力穷寻走路，遥望家山拍马还"，荡开阵脚，倒拖画戟，"顿断绒绦走赤兔，翻身飞上虎牢关"。

　　虎牢关一战，刘关张在群雄面前闪亮登场，逐渐成为主角。吕布战败，也象征着董卓势力遇到了强大的对手，为其后来的灭亡做了铺垫。

# 第八回

## 浣溪沙·貂蝉

　　原是昭阳宫①里人，惊鸿宛转掌中身②，只疑飞过洞庭③春。

　　按彻《梁州》莲步稳④，好花风袅一枝新，画堂香暖不胜春⑤。

### 注释

①昭阳宫：汉代宫殿名。汉成帝时皇后赵飞燕居于昭阳宫，这里把貂蝉比作体轻善舞的赵飞燕。
②惊鸿：曹植《洛神赋》有"翩若惊鸿"语，以受惊返飞的鸿雁，形容洛神体态轻盈优美。掌中身：相传汉成帝皇后赵飞燕能做掌中舞。
③洞庭：广阔的庭院。
④按彻：按照节拍。《梁州》：唐代舞曲名称。莲步：形容女子步态轻盈。
⑤画堂：用彩色绘饰着梁柱藻井的房屋，作品中多指内室。不胜：受不住，不尽。

### 赏析

　　面对董卓的暴行，王允敢怒不敢言，但他却在背后与歌伎貂蝉暗设连环计，欲借吕布之手除掉董卓。王允把貂蝉分别许给吕布和董卓，造成二人产生猜忌和仇恨，以达到使义父子反目、除董灭贼的目

的。这是董卓在王允府上，看到貂蝉时，插
入的一首词，展示了貂蝉色艺双绝。

貂蝉一出场，便以舞姿出现在宾主面
前，隔着帘栊，使人可望不可即，更给貂蝉
仪容、风貌和舞姿笼罩上一种朦胧美。此处
没有直接描画她，而是采用烘托的手法写其
美。先写她的身份，"原是昭阳宫里人"，即
皇宫中的美女，非同凡俗小家碧玉。她的仪
态有若洛神翩翩，亦像赵飞燕轻盈，这里用
女神皇妃做比喻，尽情渲染貂蝉仪容优美，
舞姿动人。

# 又赞貂蝉

红牙①催拍燕飞忙，一片行云到画堂。

眉黛促成游子恨②，脸容初断故人肠。

榆钱不买千金③笑，柳带④何须百宝妆。

舞罢隔帘偷目送⑤，不知谁是楚襄王⑥。

### 注释

①红牙：奏乐的拍板。红，指板的颜色；牙，指板的形状。
②眉黛：古代女子画眉用的青黑色颜料。这里指美女或女色。游子：离家远游的人。
③榆钱：汉代钱名。由于官家、私家铸小钱，出现半两钱，人们把这种还没有指甲大的
　半两钱，称为"榆荚"钱。这里用"榆钱"借代有权势富贵的人。"千金"，旧时尊
　称别人的女儿。这里指美女。
④柳带：女子腰间的飘带。古代形容女子腰肢柔软为柳腰，其腰间佩带亦称柳带。
⑤偷目送：偷，暗暗地；送，递眼色。意同暗送秋波。
⑥楚襄王：战国时楚国国君，楚怀王之子，以荒淫好色著称。这里借代董卓好色。

## 赏析

这首诗紧承上词，是针对董卓在王允后堂观赏貂蝉舞蹈时，有感而发。

"红牙催拍燕飞忙，一片行云到画堂。"诗的开头，就描写了貂蝉轻盈的体态、优美的舞姿，如同仙女下凡。此时的董卓是否醉意朦胧，春心荡漾？作者由此引发了一番议论：自古以来，爱美之心，人皆有之。邂逅美女，情爱一时，多促成"游子"生出相见恨晚的遗憾，常激荡起"故人"日思夜想的爱慕之情。"榆钱不买千金笑，柳带何须百宝妆。"假使那些权势富贵之流不爱"千金"一笑，那柔美动人的女子"何须百宝"装饰自己，刻意打扮呢？"楚王爱细腰"，那么来者是否好色呢？貂蝉舞罢，"隔帘偷目"，暗送秋波，以色惹人。"不知谁是楚襄王"，既暗喻董卓像好色的楚襄王，又写出了貂蝉内心的猜度，为实现与王允暗定的连环计，试探性地与董卓勾搭。

# 第九回

## 司徒妙算

司徒妙算托红裙<sup>①</sup>，不用干戈<sup>②</sup>不用兵。

三战虎牢徒<sup>③</sup>费力，凯歌却奏凤仪亭。

**注 释**

①司徒：三公之一。西汉哀帝时，以丞相为大司徒，掌管国家的土地和百姓。东汉时三公已无实职，只是以有资望的大臣担任。这里司徒指王允。红裙：指代女性，多为芳龄女子。

②干戈：称兵器，又指战事。

③徒：副词，白白地，徒然。

**赏 析**

　　王允一女许二人。董卓自纳貂蝉后，为其美色所迷。貂蝉也取悦于董卓，将其紧紧抓住的同时，又与吕布眉来眼去。这样，两条色狼被拴在了同一条绳子上，随时都可能反目，而终致吕布残杀董卓——王允的美人计成功。这首诗赞颂王允的运筹帷幄和计谋之妙。

　　"司徒妙算托红裙，不用干戈不用兵。"两句诗道出了王允美人计的特点，即不是靠军事行动，而是靠美人的暗算。这个"托"字运用得十分准确而形象，美人计运用得是否成功，关键在于貂蝉心术的施展，既要善于随机应变，又要巧于伪饰。比如，貂蝉约吕布到后花园凤仪亭相见，足见貂蝉的心计。后花园是董府的内帏之地，吕布私入此地，纵令他有千张嘴，一旦被董卓发现，也难以说清，而貂蝉却把主动权握在了自己手里。事发后，当董卓质问她时，她便以后花园被吕布相逼为由，很巧妙地掩饰过去了。从相约的时间来看，貂蝉故意拖延时间，"良久"而来，让董卓得以回府撞见，由此来激化二人的矛盾。从貂蝉对吕布的情态来看，一反往日若即若离之态，见面便向吕布哭诉道：虽遭董卓"淫污"，恨不即死，只因未与将军一诀，"今幸得见……愿死于君前，以明妾志！"说着，便要投水自尽。这突如其来的情语如泉水一般涌出，殉情的动作似闪电一般出现，顿时，迷惑住了吕布。他马上向貂蝉表白："我知汝心久矣！""我今生不能以汝为妻，非英雄也！"转念一想，又恐老贼撞见，便急欲抽身。貂蝉哪里肯放过这样的机会，忙"牵其衣曰：'君如此惧怕老贼，妾身无见天日之期矣！'"语出如剑，步步相逼。"妾在深闺，闻将军之名，如雷贯耳，以为当世一人而已；谁想反受他人之制乎！"讥诮之语，吕布闻之羞愧满面，只好回身搂抱貂蝉，好言劝慰，依依不舍。一个陷在情网之中，一个等待杀伐之机。正在此时，董卓入后园，见此情景，勃然大怒，"掷戟刺布"，使矛盾骤然白热化。只有董、吕二人反目，才能达到借吕布之手杀董卓的政治目的，所以说，"凤仪亭"是"托红裙"的关键。因此作者感慨道："三战虎牢徒费力，凯歌却奏凤仪亭。"

# 叹董卓

霸业①成时为帝王，不成且作富家郎。
谁知天意无私曲②，郿坞③方成已灭亡。

## 注释

①霸业:成就和维护统治天下的事业。
②天意:上天的旨意。私曲:偏私不公正的行为。
③郿坞:古城堡名,属司隶州右扶风郡郿县,城高丈余,是董卓的老巢。

## 赏析

"霸业成时为帝王",即董卓不仅有霸王之心,而且政治手腕也雄略过人。汉灵帝死前,由于董卓手握重兵,朝廷对他不放心,将其调任他职,削其兵权。但董卓对朝廷命令置若罔闻,既不交出军队,也不前往并州赴任,而是屯驻河东"以观时变"。

当董卓受何进所召进军京都时,还未到达,朝廷就已发生变化。何进为宦官所杀,宦官也被袁绍所灭。这时可以左右政局的,除董卓之外,就是手握并州劲旅的丁原。董卓收买吕布,杀死了丁原,进而兼并了并州军队。而在此之前,"何进及弟(何)苗先所领部曲,皆归于卓"。由此董卓集团成为当时能控制朝廷的唯一势力。可见董卓的"霸业"在军事上之"成"。

在政治上,董卓的谋略和举措,也是非凡。首先是完成废帝更立后,大权在握,自立为相国,挟天子以令诸侯。再次是安抚当时的世族高门,获得支持。最后是提拔一批清流名士,外示宽柔。可以说,当时董卓基本上控制了东汉政权。其"霸业"之成,指日可待。

董卓失败的原因,不是由于外部因素——以袁绍为首的讨董联盟不可能动摇他的统治,而是来自内部,即董卓手中凉州军与并州军矛盾的激化。王允利用这种矛盾,借吕布之手杀死了董卓。

董卓是遗臭万年的窃国大盗,残暴且贪婪。他退出洛阳挟帝而迁时,一面发掘诸帝寝陵和公卿冢墓,收罗珍宝;另一方面大肆搜刮,敲剥黎民,侵吞富户,而后筑坞于郿县,比照长安城,修建"万岁坞"。并在其中囤积二十年的粮食,珍藏黄金二三万斤,银八九万斤,绫罗绸缎堆积如山,美女歌伎

充其宫室。董卓得意扬扬地声称："事成，雄居天下；不成，守此足以毕老。"所以说："霸业成时为帝王，不成且作富家郎。"

董卓的祸国殃民，倒行逆施，引起了国人不满，诸侯讨伐！当董卓的老巢郿坞筑造成时，也迎来了他的灭亡之日。"天意无私曲"，表达了人民的心声，历史的规律。董卓之死，顺应人意，也顺应天意，大快人心。

# 蔡邕之死

董卓专权肆不仁，侍中①何自竟亡身？

当时诸葛隆中卧，安肯轻身事乱臣②。

## 注 释

①侍中：官名。东汉少府的属官，皇帝身边的一种侍臣，本是一种虚衔，但加侍中后，即可以出入宫禁，在皇帝身边，成为近臣。这里指蔡邕。
②轻身：不珍惜自己的选择，擅自妄为。乱臣：指搞乱国家、图谋篡位的权臣。

## 赏 析

董卓暴尸于市，忽有一人趴在他尸体上大哭，这个人便是蔡邕。因其哭尸而被王允下狱缢死。这首诗是针对蔡邕被杀而作的。

蔡邕是女诗人蔡文姬的父亲，东汉著名史学家、文学家和书法家。在汉灵帝光和年间，他被阉党迫害，受了"髡"刑。董卓进京后，虽暴虐无比，倒行逆施，但出于政治需要，"擢用名流，以收人望"，曾为遭受"党锢之祸"而死的陈蕃、窦武平反昭雪，继而又擢拔了蔡邕、郑泰、何颙、荀爽、孔伷等一批清流，当了官。其实，蔡邕出来做官，也是被迫

的，他知道董卓不是好人。"卓命征之，邕不赴。卓怒，使人谓邕曰：'如不来，当灭汝族。'邕惧，只得应命而至。卓见邕大喜，一月三迁其官，拜为侍中，甚见亲厚。"

也许正因"卓重邕才学，厚相遇待"，蔡邕才去哭董卓尸。当王允质问他时，他回答说："邕虽不才，亦知大义，岂肯背国而向卓？只因一时知遇之感，不觉为之一哭，自知罪大。"结果哭董导致杀身之祸。

# 王允运机筹

王允运机筹[1]，奸臣董卓休。
心怀家国恨，眉锁庙堂忧[2]。
英气连霄汉，忠诚贯斗牛[3]。
至今魂与魄，犹绕凤凰楼[4]。

## 注释

①机筹：随机应变，谋划方略。
②眉锁：眉毛聚合到一块，忧愁貌。庙堂：宗庙明堂，指代国家政权。
③贯：贯通。斗牛：二十八星宿中斗宿和牛宿。这里喻指上苍。
④凤凰楼：帝王宫中的池台楼阁及宫殿名。

## 赏析

在动荡不安的东汉末年，王允本可以像绝大多数人那样，对势倾天下的董卓阿谀奉承，唯唯诺诺，可以保住身家性命和富贵荣华。但他疾恶如仇，立志匡扶社稷，为君分忧。他巧设连环计，离间董卓和吕布，最终成功拔除董卓。王允的威望也因此达到了顶峰。

在一片欢呼喝彩声中，他不是居安思危，而是居功自傲，刚愎自用。尤其是缢死德才兼备的蔡邕，使他大失民心。他目光短浅，拒绝了李傕、郭汜的求赦，迫使他们反叛。

当叛军兵临长安城下之时，王允再次彰显英雄本色，拒绝与吕布一起逃走："若蒙社稷之灵，得安国家，吾之愿也；若不获已，则允奉身以死。临难苟免，吾不为也。为我谢关东诸公，努力以国家为念！"为保全社稷，他纵身跳下城楼，孤身一人与叛军对阵，慷慨赴死。

　　由于各种原因，王允虽功败垂成，但他心怀社稷、忠贞不渝的品格将永垂史册；他的英勇刚烈和谋略气魄也将永为后人敬仰。

# 第十回

## 曹操奸雄

曹操奸雄世所夸，曾将吕氏杀全家[①]。
如今阖户逢人杀[②]，天理循环报不差[③]。

**注释**

①吕氏：吕伯奢，东汉末成皋人。曹操父曹嵩之结义兄弟，《三国志》裴松之注中有一说，其全家被曹操妄杀。
②阖户：全家。逢：遭遇。
③天理：自然的法则。古人认为上天能主持公道，善有善报，恶有恶报，不是不报，时候不到，循环相应。

**赏析**

　　曹操占据兖州，有了自己的根据地后，便派人去陈留将隐居琅玡的父亲及家族四十余人接来。途经徐州时，陶谦接送，盛情款待。临行前，还派部将张闿带兵护送。不料，半路中张闿图财害命，杀了曹氏全家。有感于此，作诗一首。
　　这首诗用意很明显，是强化拥刘贬曹的政治倾向。小说写到曹操刺杀董卓未

遂，逃奔途中到其父结义弟兄吕伯奢家借宿。因"忽闻庄后有磨刀之声"，遂起疑心，"潜步入草堂后，但闻人语曰：'缚而杀之，何如？'"便认为是想害自己，误将把宰猪沽酒、准备盛情接待他的吕伯奢一家人杀害。吕伯奢的家人都是无辜的。曹操出庄后遇到吕伯奢本人，为防吕伯奢见家人被杀而报复，又"知而故杀"吕伯奢。

如果说曹操杀吕伯奢家人是误杀，那么杀吕伯奢本人则纯粹是故意杀人。作者认为，这种恶德是要遭报应的，所以当曹操的父亲及家人被杀，自然是因果循环："天理循环报不差。"事实上作者用佛家的因果学说来解释这件事并不合理，在一定程度上掩盖了乱世群雄争权夺势、残杀无辜的阶级本质。

# 第十三回

## 汉室哀

光武中兴①兴汉室，上下相承十二帝②。

桓灵无道宗社堕，阉臣擅权为叔季③。

无谋何进作三公，欲除社鼠④招奸雄。

豺獭⑤虽驱虎狼入，西州逆竖⑥生淫凶。

王允赤心托红粉，致令董吕成矛盾。

渠魁殄灭⑦天下宁，谁知李郭心怀愤。

神州荆棘争奈何，六宫饥馑愁干戈。

人心既离天命去，英雄割据分山河。

后王规此存兢业，莫把金瓯⑧等闲缺。

生灵糜烂肝脑涂，剩水残山多怨血。

我观遗史不胜悲，今古茫茫叹《黍离》。

人君当守"苞桑"⑨戒，太阿谁执全纲维⑩。

### 注 释

①光武中兴：光武，即光武帝刘秀。西汉衰亡，刘秀在农民起义破坏旧政权的基础上，扩大自己的势力，建立了东汉王朝，他在位二十多年，在吏治、经济和军事等方面，

采取一系列措施，加强皇权，使刘氏王朝复兴，史称"光武中兴"。

②十二帝：东汉自光武帝到汉献帝，延续了十二代皇帝。

③叔季：叔世、季世简称。国衰为叔世，将亡为季世。

④社鼠：社庙中的老鼠。比喻仗势作恶的小人，这里指擅权的阉党。

⑤豺獭：豺、獭是两种野兽。豺性残暴，獭性贪食。比喻贪婪残暴的人。

⑥西州：即东汉三国时的凉州，因地处中原之西而称西州。逆竖：叛逆之徒，指董卓。

⑦渠魁：首领。多指敌对或叛逆者的首领。殄灭：消灭，灭绝。

⑧金瓯：古代盛酒的器皿。常比喻国土完整，也指国土。

⑨苞桑：桑树的本干。这里喻君王应牢牢掌握权力，不应寄倚他人。

⑩太阿：古宝剑名。相传春秋时欧冶子所铸，这里比喻权柄。纲维：法制，法纪。纲，大绳；维，连接。

## 赏析

　　东汉末年，因皇帝昏庸懦弱，导致宦官专权，外戚干政，朝政混乱，诸侯割据。汉室逐渐走向没落。为消灭专横跋扈的宦官势力，大权在握而又"无谋"的何进引狼入室，奸臣董卓趁机独揽大权，荼毒生灵。王允用连环计除掉董卓后，因为居功自傲，举措失当，迫使李傕、郭汜起兵造反。战乱频仍，天灾不断，就连皇室都饥寒交迫，底层百姓更是苦不堪言。乱世悲剧，让作者禁不住大声呼吁统治者要以史为鉴，励精图治，固守基业，兢兢业业治理天下。一旦天下大乱，将有数不清的生命死于战火，血流成河，尸横遍野。作者同时也期盼忠智之士能挺身而出，捍卫国家统一，维护朝廷法度，给老百姓撑起一片能够活下去的天空。

　　这首歌行体诗歌先叙史，再抒怀；举重若轻，化繁为简，化俗为雅；将对历史的深刻反思，借简洁流畅的语句表达出来，难能可贵。

# 第十四回

## 叹汉室

血流芒砀白蛇<sup>①</sup>亡，赤帜<sup>②</sup>纵横游四方。

秦鹿<sup>③</sup>逐翻兴社稷，楚骓<sup>④</sup>推倒立封疆。

天子懦弱奸邪起，宗社凋零盗贼狂。

看到两京<sup>⑤</sup>遭难处，铁人无泪也凄惶<sup>⑥</sup>！

### 注释

①芒砀（dàng）白蛇：秦末刘邦逃难途经芒砀山，路遇大白蛇拦路，刘邦挥剑斩杀之。
②赤帜：刘邦起兵反秦，所率军队打红色旗帜。
③秦鹿：指秦国的帝位。鹿，喻帝位。
④楚骓（zhuī）：项羽所乘坐骑，代指项羽。骓，毛色黑白相间的马。
⑤两京：当时洛阳称东京，长安称西京，故为两京。
⑥铁人：铜铸的人像。凄惶：悲伤的样子。

### 赏析

　　开篇勾画出大汉开国皇帝刘邦的英武盖世——刘邦斩蛇起义，与群雄逐鹿中原，在不断的征战中实力逐渐强大起来，其部队高举着红色旗帜，驰骋疆场，转战南北。之后他西入咸阳，推翻了天怒人怨的秦王朝。之后的楚汉之争，他又击败实力强大的西楚霸王项羽，一统天下，建立了汉王朝。

汉朝创业四百载后，终于日薄西山，奄奄一息。"亲小人，远贤臣"的桓帝、灵帝在位时，外戚当权，宦官窃命，朝局动荡，真可谓"群盗四方如蚁聚，奸雄百辈皆鹰扬"。何进无谋，引狼入室；董卓暴虐，焚烧京都，逼帝迁都；王允用计除掉董卓后，李傕、郭汜又起兵谋反，一方劫持天子，一方劫持公卿，互相争杀，战争不断。献帝日夜提心吊胆，以泪洗面。他历经劫难返回洛阳后，只见："宫室烧尽，街市荒芜，满目皆是蒿草，宫院中只有颓墙坏壁……百官朝贺，皆立于荆棘之中。"

雄才大略的刘邦开创基业时，必定是"一将功成万骨枯"；东汉将亡时，百姓也一定是流离失所，命如草芥。难怪张养浩在《山坡羊·潼关怀古》中长叹："兴，百姓苦；亡，百姓苦！"

# 第十六回

## 辕门射戟

温侯神射世间稀，曾向辕门独解危。

落日果然欺后羿，号猿直欲胜由基[①]。

虎筋弦[②]响弓开处，雕羽翎[③]飞箭到时。

豹子尾摇穿画戟[④]，雄兵十万脱征衣。

### 注释

①由基：即春秋楚共王之将养由基，善射，能距百步，射穿杨柳叶，百发百中。

②虎筋弦：用虎筋做的弓弦，形容弓好。

③雕羽翎：雕，老雕，猛禽；羽翎，翅膀或尾巴上长而硬的羽毛，常常用来做箭支后面的部分，形容箭好。

④画戟：在戟柄上加以彩画或文饰，叫画戟。唐、宋时代出行时作为仪仗。

### 赏析

袁术派大将纪灵率数万大军攻打刘备。大军压境，刘备兵少粮寡，不得不向吕布求救。吕布思虑再三，把纪灵和刘备集合到身边，说："辕门离中军一百五十步。吾若一箭射中戟小枝，你两家罢兵；如射不中，你各自回营，安排厮杀。有不从吾言者，并力拒之。"

　　纪灵心想："戟在一百五十步之外，安能便中？"便满口答应。谁料弓弦响处，吕布一箭正中画戟小枝。纪灵无奈，只好退兵。

　　"温侯神射世间稀"，诗歌开头对吕布的射术做了极高的评价。"曾向辕门独解危"中的一个"独"字，写出吕布力挽狂澜的气魄和威慑天下的雄姿。

　　作者压抑不住内心对英雄的景仰之情，热情洋溢地连声赞叹："落日果然欺后羿，号猿直欲胜由基。"把吕布和两位神射手相提并论。吕布辕门射戟达到了目的："豹子尾摇穿画戟，雄兵十万脱征衣。"他凭借自己的智勇，使得十万将士躲过一场血与火的劫难。

# 第十七回

## 割发代首

十万貔貅①十万心，一人号令众难禁。

拔刀割发权为首，方见曹瞒②诈术深。

**注释**

①貔貅：传说中的一种猛兽。古代用来比喻勇猛的军队。

②曹瞒：曹操小名阿瞒。

**赏析**

　　曹操出兵讨伐张绣，行军途中，见农民因战乱逃亡在外，不敢收麦。便晓喻："大小将校，凡过麦田，但有践踏者，并皆斩首。"不料，曹操自己骑的马，因一鸠飞起而受惊，窜入麦田。曹操表示要用所佩之剑自刎，被人救下，于是"割发权代首"。

　　如何评价"割发代首"这件事，不能孤立地从曹操道德品质上去论，而是应当放到封建社会的观念和原则中去衡量。以此作为处理这件事的理论原则是有来历的。郭嘉引《春秋》之义："法不加于尊。"所谓"法不加于尊"，就是"刑不上大夫，礼不下庶人"。封建社会的法有鲜明的阶级性。而实际在制定法还是执行法的整个过程中，掌权者的随意性是很大的，因此，在我国的封建社会中法治色彩并不浓厚，主要依靠人治和形形色色的宗法思想来维持统治。而解释和执行法的官吏可以灵活读法律，这当中官吏自身的道德品质就十分重要了。

从封建法的观念和执法的原则衡量曹操"割发代首"这件事，说不得好，也说不得坏，因为统治者的意志就是封建法的最高体现。但从对人民的利益这一出发点来看，曹操的做法是应当肯定的。曹操制定践踏麦田者罚的律令，受到百姓的欢迎，"无不欢喜称颂，望尘遮道而拜"，又使"三军悚然，无不禀遵军令"。无论从出发点，还是从实践的效果，都可以看出曹操是一位有作为的封建政治家，他十分清楚得民心的重要性，这何谈"诈术深"呢？毛宗岗为了达到拥刘贬曹的目的，不惜油彩，凡事都给曹操脸上抹一层白色，以示其奸。

# 第十九回

## 陈宫之死

生死无二志，丈夫何壮哉！

不从金石①论，空负栋梁②材。

辅主真堪敬，辞亲实可哀。

白门③身死日，谁肯似公台④！

**注释**

①金石：金属和石头，比喻坚固的东西。

②栋梁：喻担负国家重任之人。

③白门：汉代下邳城南门。

④公台：古代对做官人的尊称。

**赏析**

　　曹操大败吕布，取得徐州。紧接着，水淹下邳，俘获了吕布。从此北方又一个豪强被曹操所灭。同吕布一起被俘的陈宫，宁死不屈，凛然赴死，作者在此诗中高度颂扬了他。

　　陈宫在政治舞台上出演了几场重头戏：捉放曹操，濮阳大战，白门楼之死。虽然场面不多，但给人们留下了深刻的印象。陈宫是出色的谋臣，吕布只要是听从了陈宫的计谋就获胜，不听便败。吕布被擒后，陈宫看了吕布一眼，愤愤地说："恨此人不从吾言！若从吾言，未必被擒也。"此话道出了真情。在吕布处于优势的时候，陈宫善于用欺骗和麻痹对方的策略，给敌方造成错觉，然后利用敌方的错觉，达到自己的目的，濮阳一战就是一例；在吕布处于被动的时候，他又善于在防御中积极争取主动，避免被动挨打。就在曹操兵围下邳时，陈宫设谋吕布率兵城外，他闭守城内，形成掎角之势。若曹操进攻吕布，陈宫便率兵攻其背；若攻打城池，吕布就在城外救援，不过十天，曹军粮草用尽，势必退兵。这个方案当时虽为上策，可惜吕布不采纳陈宫金石玉言，而听信妻妾的话，龟缩在孤城，被动挨打，以致兵败身亡。所以说："不从金石论，空负栋梁材。"即使吕布如此缺乏政治头脑，朝秦暮楚，陈宫却仍忠实于他，至死不背主，难能可贵。

"辅主真堪敬，辞亲实可哀。"曹操本不想杀掉陈宫，"有留恋之意"，借陈宫老母和妻子的存亡来软化他，但他不为所动，回答："吾闻以孝治天下者，不害人之亲；施仁政于天下者，不绝人之祀。老母妻子之存亡，亦在于明公耳。吾身既被擒，请即就戮，并无挂念。"说完，"径步下楼，左右牵之不住"。"伸颈就刑，众皆下泪。"真正一个刚正不阿的忠义之士。在临刑前，他依旧对曹操阐述儒家政治上的主张：施礼治，行仁政。由此可见，支持他整个一生修身养性、弃暗投明、杀身成仁的都是儒家的伦理道德。

# 吕布之死

洪水滔滔<sup>①</sup>淹下邳，当年吕布受擒时。

空馀赤兔马千里，漫有方天戟一枝。

缚虎望宽<sup>②</sup>今太懦，养鹰休饱昔无疑。

恋妻不纳陈宫谏<sup>③</sup>，枉骂无恩"大耳儿"<sup>④</sup>。

## 注 释

①洪水滔滔：曹操围下邳时，决沂、泗两河之水，淹下邳。除东门无水，其余各门，尽被水淹。

②缚虎望宽：吕布被绳索捆作一团，叫曰："缚太急，乞缓之！"操曰："缚虎不得不急。"虎，喻吕布。

③纳：听，接受。谏：进谏，下对上进言。

④大耳儿：刘备生得"双耳垂肩"，世俗认为"福相"。吕布唤刘备"大耳儿"，是骂人的话。

## 赏 析

东汉末年英雄辈出，吕布是其中的顶尖人物。当他跨着赤兔马，手握方天戟，旋风一般掠过疆场时，足令敌人闻风丧胆。可惜他寡谋少断，有勇无谋，被曹操围困于下邳时，还盲目自信："吾有画戟、赤兔马，谁敢近我？"当突围无望时，他不思良策，反而借酒消愁。曹操水淹下邳，众军飞报，他居然说："吾有赤兔马，渡水如平地，又何惧哉！"吕布视部下性命如同草芥，最终落了个众叛亲离，赤兔马被盗走，画戟被掷下城去，而他本人也被捆作一团，成为曹操的阶下囚。命悬一线之际，他又是乞怜，又是表忠心，最终也没有打动曹操。因为曹操早就对陈登说过："吾待温侯，如养鹰耳：狐兔未息，不敢先饱；饥则为用，饱则飏去。"对这种唯利是图、反复无常的人，曹操自然除之而后快。

水淹下邳前，如果吕布采纳陈宫的计策，完全可能反败为胜。可惜他"恋妻不纳陈宫谏"，以至于坐失良机。被杀之前，他绝望地谴责刘备："是儿最无信者！""大耳儿！不记辕门射戟时耶？"一代名将，并非战死沙场，马革裹尸，而是被缢杀，凄惨收场，令人唏嘘不已。

# 伤人饿虎

伤人①饿虎缚休宽，董卓丁原血未干。
玄德既知能啖②父，争如③留取害曹瞒？

## 赏析

吕布临刑前，对刘备说："公为座上客，布为阶下囚，何不发一言而相宽乎？"刘备不仅不替吕布说情，反而提醒曹操别忘了这是一个"三姓家奴"，坚定了曹操杀吕布之心。作家用这首诗含蓄地表露了自己对此事的看法。

吕布见利忘义，好色忘义，这是他丧失人心的一个重要原因。吕布同刘备的关系时而言好，时而反目，能说明这个问题。当年他被曹操打败，不得不投奔刘备时，称兄道弟，极尽奉承之能事。而时隔不久，袁术为破坏吕布、刘备联盟，答应给吕布"粮五万斛，马五百匹，金钱一万两，彩缎一千匹，使夹攻刘备"。利欲熏心的吕布在这些诱惑下，掉转枪头，向刘备发动突然袭击。可当袁术不能兑现承诺时，吕布便一怒之下，来了个逆转——迎刘备回来，屯扎小沛。袁术又以与吕布结"秦晋之好"，设计杀刘备，吕布又一次反目，把刀枪转向刘备。这一次次的重创，使刘备弃家眷，失徐州，东奔西走，投靠

他人，这岂能不使刘备对吕布恨之入骨？刘备城府很深，喜怒不形于色，在曹操面前，他只提醒曹操别忘记"董卓、丁原血未干"，而不言半句自己的恩怨，便促使曹操下决心杀掉吕布。这首绝句的后一联，突然宕开一笔写道："玄德既知能啖父，争如留取害曹瞒？"可见刘备敦促曹操杀吕布之心不仅仅在"啖父"，而且很大程度基于刘备内心之中早已积聚的对吕布的仇恨和对吕布入木三分的认识。否则，刘备既有除曹操之心，何不效法王允，再一次借吕布之手"害曹瞒"？吕布是一个反复无常的小人，谁肯养虎为患？可悲的是吕布只记得"辕门射戟"时对刘备的恩义，而忘记夺徐州、虏家眷时与刘备结下的仇恨。

　　这首诗为唐代诗人罗隐所作。罗隐的咏史、怀古诗写得很有特色，对三国人物诸葛亮、刘备、刘禅、谯周、祢衡等多有评论。对咏史诗创作来讲，作者必须精于掌故，熟悉史实，才能知人论世，感叹真切。从罗隐在吕布之死问题上对刘备的心理动机的评论，足见其对这段历史了如指掌。

# 第二十一回

## 虎穴栖身

勉从虎穴①暂趋身，说破英雄惊杀②人。

巧借闻雷来掩饰，随机应变信③如神。

### 注 释

①虎穴：比喻险境。趋：通屈，屈伏之意。

②杀：通煞，表示极度。

③信：随意、听凭。

### 赏 析

    曹操除去吕布后，带刘备回到许昌，并将他安置在相府附近。曹操已觉察到刘备非池中物，想把他控制在左右，让他没有腾飞上天的机会。当时的情况是"满朝之中，非操宗族，则其门下"。面对权倾朝野的曹操，刘备只能收敛锋芒，静待时机。因此，虽然曹操曾对天子无礼，刘备还是制止了想要杀曹操的关羽；在曹操的严密监视下，他"就下处后园种菜，亲自浇灌，以为韬晦之计"。"勉从虎穴暂趋身"，身处险境，势单力薄，只有韬光养晦才能保住身家性命。但是看人入木三分的曹操，开始敲山震虎。他摆几盘青梅，煮一樽清酒，邀刘备开怀畅饮，纵论天下英雄。

    曹操步步紧逼之时，刘备步步设防。从袁术说到袁绍，从刘表说到刘璋，但都被曹操笑着否定。眼看刘备没有退路，曹操一语道破："今天下英雄，唯使君与操耳！"这可真是"说破英雄惊杀人"。眼看精心编织的面纱被扯掉，一切都会被曹操的火眼金睛识破，刘备心中惊慌，手中的筷子竟落到地上。在这个紧要关头，恰好雷声轰鸣，刘备从容地捡起筷子，"巧借闻雷"将心虚和紧张就这样掩饰过去了。这种随机应变的能力，非常人能够拥有，刘备不愧为乱世中的英雄豪杰！

# 顿开金锁走蛟龙

束兵秣马去匆匆<sup>①</sup>，心念天言<sup>②</sup>衣带中。
撞破铁笼逃虎豹<sup>③</sup>，顿开金锁走蛟龙<sup>④</sup>。

## 注释

①束兵秣马：整顿兵器，喂饱战马，形容做好战争准备。与"厉兵秣马"相通。去：离开。
②天言：这里指皇帝的诏书。
③铁笼：比喻曹操的控制。逃：躲避。虎豹：比喻曹操的权势和武力之凶。
④蛟龙：潜藏在深渊里的龙。这里比喻未得一展抱负的刘备。走：逃。

## 赏析

　　曹操于许昌迎汉献帝，挟天子以令诸侯。既无文臣又无武将的汉献帝，只不过是他手中的一张王牌而已。其僭越篡位之心随着他权势的膨胀，愈来愈猖狂。"许田打猎"这一细节生动地表现了曹操的欺君罔上。汉献帝被逼无奈，只得手书血字密诏暗令伏皇后缝于玉带之中，赐给国舅董承。血书中说："近日操贼弄权，欺压君父；结连党伍，败坏朝纲；敕赏封罚，不由朕主。"董承奉密诏联络了六位朝臣，又亲自怀诏，聚义刘备，以图斩杀国贼。刘备加入了董承的反曹政治集团以后，日夜提防曹操的加害。恰逢曹操准备出兵截袁术，刘备便以此为由，主动请兵，借机脱离曹操的束缚。

在得到曹操的准许后，刘备立即整饬军马，急忙而走。"束兵秣马去匆匆，心念天言衣带中"，正是刘备这种心理和行为的写照。刘备自谋大事以来，虽手下有关羽、张飞等几员猛将，孙乾、糜竺等几位文官，但始终没有自己的立足之地。奔走半生，好不容易占据了徐州，又被吕布偷袭，无奈投奔曹操，暂时栖身。曹操也知道刘备是天下枭雄，不会久居人下。他之所以不杀刘备，是因为害怕落下不能容贤的恶名，不利于他招揽人才，扩充势力。但曹操对刘备存有戒心。当汉献帝与刘备叙了叔侄之情后，关系日密，引起荀彧等一班谋士的警觉，说："天子认刘备为叔，恐无益于明公。"曹操说："彼既认为皇叔，吾以天下之诏令之，彼愈不敢不服矣。况吾留彼在许都，名虽近君，实在吾掌握之内。"一言道破了曹操在钳制刘备。对此刘备亦知。当他带兵出行，关、张在马上问曰："兄今番出征，何故如此慌速？"刘备曰："吾乃笼中鸟、网中鱼。此一行如鱼入大海、鸟上青霄，不受笼网之羁绊也。"正是："顿开金锁走蛟龙。"

# 袁术之死

汉末刀兵起四方，无端①袁术太猖狂。

不思累世为公相，便欲孤身作帝王。

强暴枉夸传国玺②，骄奢妄说应天祥③。

渴思蜜水无由得，独卧空床呕血亡。

**注释**

①无端：此处指品行不端正。

②枉：白白地，徒然。枉夸，白白地夸饰。传国玺：相传秦始皇得蓝田玉雕为印，上钮交五龙，正面刻李斯所写篆文："受命于天，既寿永昌"八个字。秦亡归汉，历代以此为帝王象征。

③妄说：妄，胡乱。天祥：自然中祥和喜庆的征兆。

## 赏析

　　袁氏一门四世三公，世代享汉禄，本应殚精竭虑辅佐汉帝，但袁术不思报国，反而想做皇帝。即使改朝换代，开国之君也应具备相称的道德品质和出类拔萃的才能，人格卑劣、资质平庸的袁术显然不自量力。孙坚与华雄决战时，他心存嫉妒，不发粮草，导致孙坚大败；孙策为他舍生忘死，屡立战功，他却待之甚薄。取得传国玉玺后，他不顾群下的反对，先自夸身世："吾家四世三公，百姓所归；吾欲应天顺人，正位九五。"他又迷信谶语："谶云'代汉者，当涂高也'，吾字公路，正应其谶。又有传国玉玺。若不为君，背天道也。"他还刚愎自用："吾意已决，多言者斩！"僭称帝号，狂妄至极。而雄才大略的曹操，挟天子以令诸侯，手下劝他称帝，他却说"苟天命在孤，孤为周文王矣"，又是何等高明。

　　袁术自立为皇帝后，引发众怒，致使自己四面受敌，被联军打得元气大伤，由开始的地广人多、兵强马壮，到后来只剩下不足一千人的老弱病残。即使到了如此田地，过惯奢侈生活的袁术还嫌弃饭食难以下咽，想喝蜜水，得到的答复却是，"止有血水，安有蜜水"！最终，袁术落得"独卧空床呕血亡"的悲惨下场，成为历史的丑角。

# 第二十三回

## 祢衡之死

黄祖才非长者俦①，祢衡珠碎②此江头。

今来鹦鹉洲③边过，惟有无情碧水流。

**注释**

①俦：伴侣。李白《赠崔郎中宗之》："草木为我俦。"
②珠碎：泛指人亡。
③鹦鹉洲：东汉末黄祖为江夏太守。其长子射大会宾客，有献鹦鹉者。射举杯走到祢衡前说："愿先生赋之，以娱嘉宾。"祢衡遂作《鹦鹉赋》。后他被黄祖所杀，葬地故名鹦鹉洲，在今湖北省武汉市西南长江中。

**赏析**

孔融对祢衡的才华和品德给予了高度的评价："目所一见，辄诵之口；耳所暂闻，不忘于心；性与道合，思若有神……忠果正直，志怀霜雪；见善若惊，嫉恶若仇。"如此德才兼备的祢衡，为何却"珠碎"鹦鹉洲头？

起初曹操待祢衡礼数不周，祢衡就击鼓痛骂曹操欺君罔上，当面指斥他"常怀篡逆，是心浊也"。这极大地激怒了曹操。但曹操担心"此人素有虚名，远近所闻。今日杀之，天下必谓我不能容物"，于是就借刀杀人，把杀祢衡推给刘表。但刘表也非等闲之辈,他看透了曹操的心思:"祢衡数辱曹操,操不杀者,恐失人望;故令作使于我,欲借我手杀之,使我受害贤之名也。吾今遣去见黄祖,使曹操知我有识。"面对杀人如麻的一介武夫黄祖,祢衡依然毫不畏惧,并当面嘲讽,最终"珠碎此江头"。

从表面上来看,祢衡是死于黄祖之手,但归根结底,还是死于曹操之手。当曹操听说祢衡被杀后,称心如意地笑了。许多年后,诗人来到鹦鹉洲边,看着无情东流的碧水,想那才华横溢却又恃才放旷的祢衡,最终死于权谋之手,不觉深感惋惜。

这首七绝诗是引用唐代诗人胡曾的。诗人对黄祖杀害才子祢衡既愤慨又叹惜,劈头就谴责黄祖没有长者的气度和胸怀,只因几句狂言,便杀之而后快,体现了诗人对祢衡的同情和理解。祢衡既不愿做匍匐在皇权脚下的奴才,又不愿做文死谏般的封建愚忠,而是想靠自己的文才去塑造自己的独立人格。他在《鹦鹉赋》一文中借鹦鹉的丰姿和性格,抒发了自己生不逢时、怀才不遇的愤慨。鹦鹉的材质可比鸾凤。如今它离群丧侣,万里漂泊,俯仰于笼槛之中,心中无限悲伤。祢衡以鹦鹉为题,处处契合自己的身世。祢衡形象的深刻性,不在于表现抑曹的思想倾向,而在于透过一个特殊的封建知识分子形象,揭示了中国封建知识分子双重人格的普遍现象。

这首咏史诗,在艺术表现手法上不是将历史现象叙述之后,有感而发,而另具特色。咏史部分极其概括,只是点到即止,而将眼前的自然景物与历史的遗迹融为一体,仿佛自然的山光水色、雨丝斜阳也走进了历史,有了历史的情思。在祢衡之死之事上,诗人没有过多地倾注笔墨,却悲凉地写下了诗人当时的心境:"今来鹦鹉洲边过,惟有无情碧水流。"如今物是人非,只有浩荡的长江,无语东流,苍茫一片,渲染了一层凄凉的情调。诗人将指斥黄祖杀祢衡的无情,化作了意象的图画——碧水无情。这首优秀的咏史诗增强了整部作品的抒情色彩。

# 赞吉平

汉朝无起色①，医国有称平：

立誓除奸党，捐躯报圣明②。

极刑词愈烈，惨死气如生。

十指淋漓处，千秋仰异名③。

## 注释

①起色：好转的样子。这里指东汉政权朝纲日毁，皇权衰落，战争纷起，民不聊生。故谓之"无起色"。

②圣明：封建社会对皇帝的代称。

③异名：异乎寻常的名声。

## 赏析

董承受诏除贼心切，忧愤成疾。汉献帝让太医吉平前去为他医治。吉平了解到董承的真情，其病是报国杀贼，朝夕虑心，忧思成疾，便主动要求协助董承除掉曹操，并设下用毒结果曹操性命的计谋。不料，此事被董承家奴庆童告密。曹操故意召吉平治病，事泄。曹操用毒刑拷打吉平致其死。

吉平之死，嘉靖本也有一首五言诗，与毛氏本词句不同，文意较浅陋粗略。"奋然兴义胆，应不为功名。嚼指图曹贼，捐躯救董承。有谋亲进药，岂惧独曹刑。至死心如铁，谁人似吉平。"

对照两首诗来看，嘉靖本诗着重突出吉平的"义胆"，具体表现在三方面：一是敢图曹贼，扯耳灌药；二是牺牲自我，保护董承；三是遭受酷刑，视死如归。它颂扬了吉平的胆略、人格和勇气。而毛氏本则把笔墨放到了吉平的

"忠义"上，国朝倾颓，匹夫有责。一个御医身上却有如大丈夫般的伟岸和英勇，当他被断掉九指，还依然有口吞贼、有舌骂贼的刚烈举止。"极刑词愈烈，惨死气如生"，最后"捐躯报圣明"。可见，从一首诗的修改上可以看出毛氏强调的不只是吉平的"义胆"，而更重要的是这"义胆"报效的是皇上，是忠义的精神。其行文的笔墨点点滴滴、时时处处都透露出他的正统思想。

# 第二十四回

## 董承之死

密诏①传衣带，天言出禁门②。
当年曾救驾③，此日更承恩④。
忧国成心疾，除奸入梦魂。
忠贞千古在，成败复谁论。

### 注释

①密诏：秘密的诏书。诏，即诏书，皇上颁布的命令。
②天言：这里指汉献帝的血书。禁门：宫门。
③救驾：解救帝王急难。驾：帝王的车乘，喻指帝王。
④承恩：受恩宠。

### 赏析

　　董承是汉献帝的岳父，董妃的父亲。他不仅是皇亲国戚，而且是忠于皇室的朝廷大臣。小说写了他的两件事，一是救驾，二是除贼，都是集中体现了忠贞一点。其背景为汉室衰微、天子蒙尘。董卓被除，其党羽李傕、郭汜混战中，劫持帝

后及百官，流落荒野。"正在危急之中，忽然东南上喊声大震，一将引军纵马杀来。贼众奔溃……那人来见天子，乃国戚董承也。帝哭诉前事。承曰：'陛下免忧。臣与杨将军誓斩二贼，以靖天下。'"这是"当年曾救驾"。

现今曹操把持朝政，威胁天子，日甚一日，汉献帝又一次落入危难之中。一次，君臣登上功臣阁，汉献帝指着汉高祖画像左右二辅臣张良、萧何曰："卿亦当如此二人立于朕侧。"并将藏有密诏的衣带赐予董承，"密语曰：'卿归可细观之，勿负朕意。'"这是"密诏传衣带，天言出禁门"。汉献帝身边既无武将，又无谋臣，他只是一个傀儡。只能将全部的希望寄托在一个既无实权又无实力的朝臣身上。尽管董承无限忠贞，"忧国成心疾，除奸入梦魂"，但也无回天之力。很快，曹操就以残酷的手段将其镇压了。历史上，曹操并没有因为奸而遗臭万年；董承也没有因为忠而永垂青史。所以，毛氏在称颂董承"忠贞千古在"的同时，也不能不悲凉地感叹："成败复谁论。"

历史是公正的，不会仅以成败论英雄。当年十八路诸侯讨伐董卓都失败，如今董承等人势单力薄，何况他们面对的是比董卓还要高明百倍的曹操。面对不可撼动的劲敌，董承等人宁为玉碎，不为瓦全，忠义之气，日月可鉴。正如后人所论："云长先生之外，董承等六人亦可取也。即以配享关庙，亦见汉家忠义不乏人也。"

# 丹心自是足千秋

书名尺素矢忠谋[①]，慷慨思将君父酬[②]。
赤胆可怜[③]捐百口，丹心自是足千秋[④]。

**注 释**

①尺素：古人用长约一尺的绢帛写信，后人便以尺素作为书信的代称。这里借指董承、王子服等用白绢一幅，书名画字，同立义状。矢：同誓。
②酬：报答。
③怜：痛惜。
④千秋：泛指很长的时间，如千秋万代。

## 赏析

王子服等四人因参加董承的反曹集团，一同被曹操灭族。这首诗赞颂了他们忠于汉室的赤胆之心。这首诗分两层意思：奉诏义举和为诏捐躯。

与董承有深交的王子服最早看到密诏，立即表示"愿助兄一臂之力，共诛国贼"，并建议"同立义状，各舍三族，以报汉君"。董承大喜，"取白绢一幅"，书名画字。后又串联长水校尉种辑、议郎吴硕、将军吴子兰、西凉太守马腾和刘备，歃血为盟，奉诏讨伐曹操。可谓"书名尺素矢忠谋，慷慨思将君父酬"。

事情泄密后，除刘备、马腾先后已离开京都之外，董承和王子服、种辑、吴硕、吴子兰及其全家老小，皆被斩首，死者达七百人，震惊朝野。毛氏修定《三国演义》时，对此抱有极大的同情："赤胆可怜捐百口。"忠君是封建道德伦理的最高表现，无论是奉诏义举，还是为诏捐躯，都被视为赤胆忠心，永昭日月。因此毛宗岗说死者"丹心自是足千秋"。

# 叹董贵妃

春殿承恩亦枉然①，伤哉龙种②并时捐。

堂堂帝主难相救，掩面徒③看泪涌泉。

## 注释

①春殿：皇帝与后妃居住的宫殿。枉然：徒然。
②龙种：传说有薄姬生刘恒（汉文帝）之前曾梦苍龙据其腹。后称帝王的后裔为龙种。
③徒：白白地。

## 赏析

董妃是董承之女。因董承事发，董妃也被牵连，曹操入宫，也将董妃勒死在了宫门之外。这首悲叹董妃之死的诗与此回回目"国贼行凶杀贵妃"相映衬。

曹操杀董妃的情节在《三国演义》与《后汉书·献帝伏皇后》中的记载大致相同。这首诗既没有悲叹董妃被害，也没有咒骂曹操残暴，而是紧紧抓住在封建社会里皇帝有至高无上的权力，而汉献帝却连自己的妻妾都不能保护的这一点进行描述，"堂堂帝主难相救"，言外之意皇权衰落到何等地步，权臣可以任意杀戮后宫。更可悲的是汉献帝的懦弱到了连一个普通男人都不如的地步，竟连半点反抗的举止都没有，"掩面徒看泪涌泉"，隐含着对"堂堂帝主"的讽刺。

史载："董承女为贵人，操诛承而求贵人杀之。帝以贵人有妊，累为请，不能得。"小说据此描写的情节："帝告曰：'董妃有五月身孕，望丞相见怜。'操曰：'若非天败，吾已被害。岂得复留此女，为吾后患！'伏后告曰：'贬于冷宫，待分娩了，杀之未迟。'操曰：'欲留此逆种，为母报仇乎？'……"一边是帝后可怜巴巴地求告；一边是曹操冷漠凶狠地回绝。等待董妃的只有死，"春殿承恩亦枉然"。当然她怀的那个"龙种"也一起被杀了。

这首诗从帝与妃的夫妻关系这一视角透视了曹操的残暴，连一个孕妇也不放过，连未出生的"龙种"都斩尽杀绝，情味凄凉，诗意也略显含蓄。

# 第二十五回

## 威倾三国

威倾三国著英豪①，一宅分居义气高。
奸相枉将虚礼②待，岂知③关羽不降曹。

**注 释**

①威倾：威，尊严；倾，震慑、威服。著：闻名。
②虚礼：表面应酬的礼节。
③岂知：哪里知道。

**赏 析**

衣带诏事件泄密后，刘备成为曹操想要除去的重要目标。在曹操的强大攻势下，刘备的部队被打得七零八落，关羽被围在土山头。曹操仰慕关羽，想收归己用，于是派张辽前去劝关羽投降。最终关羽与曹操约法三章，其中最强调的一点是："但知刘皇叔去向，不管千里万里，便当辞去。"关羽身处险境，不计个人安危，仍心系长兄，真乃义人也！

　　为把关羽争取到自己麾下，曹操步步出招。先是欲乱其君臣之礼，使关公与二嫂共处一室。"关公乃秉烛立于户外，自夜达旦，毫无倦色。"到许昌后，曹操拨一府于关羽居住，关羽分一宅为两院，内门拨老军十人把守，自居外宅。对兄长的忠义，也体现在对兄嫂的尊敬上，云长真乃义人也！

　　然而这更激发了曹操对俘获英雄之心的渴望。"施厚恩以结其心，何忧云长之不服也？"于是曹操"小宴三日，大宴五日"，赐锦袍，赠护须纱囊，赠赤兔马，对关羽礼遇至厚。但令曹操大失所望的是，关羽穿上他赠送的锦袍，却又在外面罩上刘备赐予的旧袍；他赠送的赤兔马，让关羽大喜过望，原因只是"若知兄长下落，可一日而见面矣"。心系结义情，富贵不能淫，关羽真乃义人也！

　　"义"字当先，最终使关羽不仅"威倾三国著英豪"，更成为千秋万代敬仰的"义"的化身。

# 第二十七回

## 赞关羽

挂印封金辞汉相，寻兄遥望远途还。

马骑赤兔行千里，刀偃青龙出五关①。

忠义慨然②冲宇宙，英雄从此震江山。

独行斩将应无敌，今古留题翰墨③间。

**注 释**

①五关：传说当年关羽过五关斩六将，其行走的路线是东岭关、洛阳关、汜水关（又名
虎牢关）、荥阳关、白马渡口（白马关）。小说虚构这一情节，目的是刻画关羽不惧
艰险，劈关斩将，千里寻兄，忠贞不移的形象。

②慨然：慷慨、愤激的样子。

③翰墨：即笔墨，又指文辞、书法和绘画。

**赏 析**

关羽得到刘备的书信，才知道刘备的去向，于是写了一封信，辞谢曹操。一路上，关羽护送两位嫂夫人，过五关斩六将，千里寻兄。这首诗主要歌颂了关羽挂印封金的义，千里寻兄的忠，过关斩将的勇。

前四句写实，关羽临行将"累次所受金银，一一封置库中，悬

汉寿亭侯印于亭上",挂印封金,不为
名利所动。千里寻兄,路途遥远,关羽
不畏关隘险峻,不惧敌将拦劫,过关斩
将,一往无前。这种感恩遇、酬知己、
重然诺、轻生死的精神,被历代人们所
传颂和敬仰,关羽千里走单骑,过五关
斩六将成为口碑,几乎妇孺皆知,老少
咸颂。更有广大文人墨客,诗文颂之。

　　关羽理想人格的核心是忠义。关羽
与张辽的一段对话,对此有明确的解
释。张辽问:"兄与玄德交,比弟与兄交
何如?"关羽回答:"我与兄,朋友之交也;我与玄德,是朋友而兄
弟,兄弟而主臣者也:岂可共论乎?"这表明关羽与刘备有多重人
际关系:朋友、兄弟、主臣。与朋友要讲义,与兄弟要讲亲,与主
臣要讲忠,这样就把朋友之间的道德、亲缘之间的感情、封建主臣
之间的忠融合到了一起。既有民族道德伦理的精华,又有封建政治
的需求,是一个内涵十分复杂的多义结构。

# 第二十八回

## 古城聚义

当时手足似瓜分<sup>①</sup>，信断音稀杳不闻<sup>②</sup>。
今日君臣重聚义<sup>③</sup>，正如龙虎会风云<sup>④</sup>。

### 注释

①手足：比喻兄弟。瓜分：像剖瓜一样分割国土或划分疆土。这里借指离散。
②杳：深远，不见踪影。闻：听。
③聚义：为维护正义而聚集在一起，进行反抗统治者的武装斗争。
④龙虎会风云：《周易·乾卦》："云从龙，风从虎。"古代常用龙虎风云比喻圣主贤臣
的遇合。

### 赏析

  刘备被曹操打败，无奈投靠了袁绍；张飞落难砀山；关羽暂时
依附曹操：兄弟三人自桃园结义以来，被迫各奔东西，杳无音信。
后来张飞夺得古城，关羽保护二位嫂夫人投之，又报之刘备，使他
脱离袁绍，三人重新在古城会聚。即"古城聚义"。
  "今日君臣重聚义"是全诗的诗眼，它包含了多重意义。
  第一，自刘、关、张离散后，"信断音稀杳不闻"。由于关羽曾
在曹营里，不得不引起刘备和张飞的猜疑。刘备在袁绍帐下时，听
说关羽帮助曹操杀了袁绍大将颜良、文丑，解了白马之围，乃写信
给关羽，指责他"自桃园缔盟，誓以同死。今何中道相违，割恩断

义？"当关羽来古城投奔张飞时，张飞怒喝："你既无义，有何面目来与我相见！"口口声声还要杀了这"负义之人"，"挺丈八蛇矛便搠将来"。当他们对关羽的怀疑消解后，"义"已不再是桃园结义时的那种道德观念，而是融化在各自患难的体验之中，倾注在彼此厚爱的感情之中。"重聚义"后，恩义如山，至死不移，成为维系刘、关、张生死与共的最高准则。可见，从"桃园聚义"到"古城聚义"，"义"从观念升华到感情，化作了自觉的行为和巨大的力量。

第二，这首诗在嘉靖本中原是八句，毛氏修改时，删掉了后四句，诗句更为凝练。如果我们仔细分析删掉的后四句——"玄德、关、张离散后，古城天遣再相逢。从来良将随明主，惟有常山赵子龙"，便会发现，被删掉的部分诗告诉我们，所谓"今日君臣重聚义"，不仅指刘、关、张，还应当包括赵云。当年刘备在公孙瓒那里遇见赵云，便有喜爱之意，赵云亦有投靠刘备之心。今日刘备见赵云来到古城相投，喜出望外，说："吾初见子龙，便有留恋不舍之情。今幸得相遇！"诗的后半截虽然删掉了，但从小说的情节中，人们不难理解"古城聚义"已有了刘蜀重要的武将赵云。

第三，"桃园结义"和"古城聚义"都是讲"义"的表现，但其内涵不完全相同。刘、关、张三人桃园结义时，都是草莽英雄，为了一个共同的目的——"同心协力，救困扶危；上报国家，下安黎民；不求同年同月同日生，只愿同年同月同日死"而结义。他们只是简单地依照年龄分出了兄弟，地位都是平等的，代表了下层人民对"义"的理解和共识，是兄弟之情义。而如今刘备已成为这个政治集团的领袖，他们之间不仅有兄弟之情义，而且还有了君臣之忠义。所以"君臣重聚义"，就意味着"义"这个道德观念是复杂的，既有统治阶级所提倡的内容，又有下层劳动人民理解的内容。

这次"古城聚义"，实际上刘备已把"义"捆在了"忠"上。忠义为本，成为关羽、张飞、赵云等人在此后几十年的戎马生涯中终生恪守的信条，无论在天翻地覆的巨变中，还是在沧海横流的岁月里，大则出生入死，小则甘苦相随。刘备与关、张的义，貌似兄弟之义，实则君臣之义。由于刘备把兄弟之义与君臣之义紧紧连在一起，更加强了他们之间感情的系数。从此，刘备有了一支可靠的基本的政治核心力量，即"正如龙虎会风云"。

# 第二十九回

## 赞许家三客

孙郎智勇冠江湄[1]，射猎山中受困危。
许客三人能死义，杀身豫让[2]未为奇。

### 注 释

①江湄：江，长江；湄，岸边。
②豫让：春秋战国时晋国人。初为晋卿智瑶的家臣，很得尊宠。后来，赵、韩、魏三家共灭智氏。他改姓换名，入宫躲藏厕中谋刺，不成。又用漆涂身，吞炭使哑，暗伏桥下，再次谋刺赵襄子，没有成功。被捕后，求得赵襄子的衣服，拔剑三跃而击之，然后自杀。

### 赏 析

孙策智勇双全，败刘繇，灭薛礼，战王朗，所向披靡，扫平江东。他治理江东，井井有条，颇得民心："鸡犬不惊，人民皆悦……无不仰颂。"就连枭雄曹操也由衷地佩服他："狮儿难与争锋。"诗中所言"孙郎智勇冠江湄"实至名归。这样的"雄狮"是不

可正视的。挑战这样的英雄，无异于自取灭亡。但还是有人挺身而出，那就是许贡家客。

吴郡太守许贡因暗结曹操欲害孙策，被孙策绞杀。慑于孙策虎威，"贡家属皆逃散"。依照常理，门客只是依附许贡，并非其家属、亲戚，他们理应更在乎保全自己，即使逃跑也无可厚非。但"有家客三人，欲为许贡报仇，恨无其便"。终于，孙策打猎时，三人逮住机会，举起复仇的武器。孙策"射猎山中受困危"，受了重伤，三人也被赶来的军士杀死。

"时穷节乃见，一一垂丹青"，三人选择替主人复仇时，明知"壮士一去兮不复还"，还是以弱对强，从容赴死。他们就像当年为主报仇的豫让，义薄云天，忠达日月，站在历史的画廊里，让后人仰望和感叹。

# 赞孙策

独战东南地[①]，人称"小霸王"。
运筹如虎踞[②]，决策似鹰扬[③]。
威镇三江靖[④]，名闻四海香。
临终遗大事，专意属周郎[⑤]。

## 注释

① "独战"二句：孙坚死时，其长子孙策才十七岁，便继承父业，从袁术手里带回父亲的一股旧部兵马，开始转战江东。经过近十个春秋的战斗，创下江东基业，称霸一方。遇害身亡时，年仅二十六岁。
②虎踞：如虎之蹲踞。比喻人物威武。
③鹰扬：比喻勇武如雄鹰飞扬。
④三江：即吴淞江、钱塘江、浦阳江。这里三江指代吴越之地。靖：安定。
⑤周郎：即周瑜。他年轻有为、文武兼备、风流儒雅，是东吴难得的帅才。属：同"嘱"。

## 赏析

　　孙策是一位"美姿颜，好笑语"、举止不凡、聪明英武、光彩照人的少帅。他秉性"阔达听受"、心胸开阔、好交朋友、声名远播，而且又"善于用人，是以士民见者，莫不尽心，乐为致死"。就是这样一位年轻英俊、深得民心的少帅，收揽各地英雄，一往无前，才成就了后来以江东为基地鼎峙三分的家业。"独战东南地，人称'小霸王'。"便是对他十载春秋，独霸江东的赞誉。孙策虽然勇猛，却并不是一介武夫。《三国演义》对他的刻画笔墨不多，但感人至深。尤其是孙策在处理与袁术的关系上，表现了他的韬略和目光深远。孙策当年依附袁术，是不得已而为之。他把"亡父遗下玉玺，权为质当"，向袁术借兵三千。一是手中有了起步的基本，二是巧妙地脱离了袁术，为其图谋大事走出了关键的一步。

　　"运筹如虎踞，决策似鹰扬。"孙策虽然年少，但精通兵韬武略。他采取先弱后强的策略，将江东各地的豪强一一消灭，然后集中兵力杀向势力最大的严白虎，初步奠定了江东六郡。孙策不断取得胜利，并不完全因他"勇盖天下"，更主要还在于他具有"明果独断"的才能。当孙策得知袁术在寿春称帝，以书责而绝之。曹操趁机拉拢孙策对抗袁术，表孙策为讨逆将军，封吴侯。这样，孙策名正言顺地割据了江东。他继父之业，艰苦创业，且有大成，深受时人的赞许。当年袁术常叹曰："使术有子如孙郎，死复何恨！"真可谓："威镇三江靖，名闻四海香。"

　　孙策打下庐江后，得乔公二女，"皆国色"，孙策自己娶了大乔，而把小乔许配给周瑜。英雄才华出众，美女天姿超群，一时传为佳话。孙策与周瑜在婚姻上联亲，事业上相助，君臣一心。孙策脱离袁术后，带兵亲征，马上派人"驰书报瑜"。周瑜一接到孙策书信，立即就向他叔父借了一些兵马和粮食，日夜兼程赶来。孙策见周瑜大喜，说："吾得公瑾，大事谐矣！"从此，周瑜倾力辅佐孙策，孙策倾心倚重周瑜，二人用武于疆场，密谋于帏帏，亲如兄弟。吴老夫人就曾高兴地说："公瑾与伯符（孙策字）同年，小一月耳，我视之如子也，汝其兄事之。"可惜孙策英武绝伦而丧身英年，临终对妻子说："……早晚汝妹入见，可嘱其转致周郎，尽心辅佐吾弟，休负我平日相知之雅。"

# 第三十回

## 叹袁绍

本初豪气盖中华①，官渡相持枉叹嗟②。
若使许攸谋见③用，山河争得④属曹家？

**注释**

①袁绍，字本初。盖：胜过，压倒。中华：古代华夏族，汉族多居于黄河南北，在四夷之中，故称中华。
②官渡：地名。故址在今河南中牟东北临古官渡水。东汉建安五年（公元200年），曹操大败袁绍于此。今尚有土垒遗存，称中牟台，又名曹公台。叹嗟：叹息。
③见：被。
④争得：争，同"怎"，怎的。

**赏析**

　　曹操、袁绍、许攸等很早就是老朋友了，他们反宦官、反董卓，政治目的一致。"以救时难而济同类"，汉灵帝中平六年（189）袁绍反对董卓废立自专，奔向河北，许攸此时追随他一同离开洛阳。八年后，建安元年（196）曹操迎汉献帝都许，控制朝政。袁

绍与曹操的矛盾开始激化。

建安五年（200）夏天，袁绍、曹操各率大军对峙于官渡。当时，袁绍占据冀、幽、并、青四州之地，人多粮足，兵力数倍于曹军，处于明显的优势。曹军曾一度出击，没有获胜，只好坚守营垒。袁军接连发起进攻，也未能击败曹军。双方在官渡相持数月之久，这时曹军粮尽，士卒疲乏，且后方又不安定。

何处是引起战局转化的关键呢？这就看主帅审时度势、多谋善断的能力了。"本初豪气盖中华，官渡相持枉叹嗟。"许攸搜到了曹操催粮使者的书信，赶忙去见袁绍，并为其献计说："曹操屯军官渡，与我相持已久，许昌必空虚；若分一军星夜掩袭许昌，则许昌可拔，而操可擒也。今操粮草已尽，正可乘此机会，两路击之。"袁绍不听，并听信谗言，将许攸斥退出去。许攸羞惭愤恨之情，难以诉说，几欲自尽。在走投无路的情况下，许攸的左右劝他："公既与曹公有旧，何不弃暗投明？"于是许攸转而投靠曹操，就出现了"许攸问粮"这一生动情节。许攸向曹操献计说："袁绍军粮辎重，尽积乌巢，今拨淳于琼守把，琼嗜酒无备。公可选精兵诈称袁将蒋奇领兵到彼护粮，乘间烧其粮草辎重，则绍军不三日将自乱矣。"曹操闻计大喜。尽管许攸刚来投奔，张辽等部将都对他抱怀疑态度，劝曹操"未可轻信"，但曹操丝毫没有动摇。许攸建议乌巢劫粮，曹操便马上意识到此举的分量。在两军相峙时，采取釜底抽薪的方法，往往是震动全局的一举，是走活全盘的一着，对于扭转战局最易见效。许攸献计，袁绍拒之，曹操纳之。而且袁绍拒的是自己的臣子，曹操纳的是新降的谋士。相形之下，一里一外，袁、曹二人的战略眼光之差有多么大！同是一个许攸，在袁绍手下才无所展，到曹操军中却建奇功。

"若使许攸谋见用，山河争得属曹家？"作家这一议论，从反面调侃。这种反讽，写出的怆痛是最深的怆痛，增添的意味更多的是辛辣。可以说这是此诗的艺术特色。这首诗是改自唐朝诗人胡曾的《官渡》，其原诗为"本初屈指定中华，官渡相持勒虎牙。若使许攸财用足，山河争得属曹家"。两首诗相比较，艺术构思是一致的，只是文字略有改动。改动后的诗句不仅通俗，而且更加准确，与情节丝丝入扣。

# 独夫袁绍少机谋

逆耳忠言反见仇<sup>①</sup>，独夫<sup>②</sup>袁绍少机谋。
乌巢<sup>③</sup>粮尽根基拔，犹欲区区守冀州<sup>④</sup>。

## 注 释

①见仇：见，表示被动，被怨恨。
②独夫：言天命已绝，人心已去，但一独夫耳。
③乌巢：地名。故址在今河南封丘西北。官渡之战时，曹操偷袭乌巢，焚袁军粮草。
④区区：少，小。冀州：东汉州名。治所邺县，在今河北临漳西南。

## 赏 析

　　袁绍兴兵，往官渡进发，途中谋臣沮授建议道："彼军无粮，利在急战；我军有粮，宜且缓守。"而袁绍认为是"慢我军心"。于是将沮授拘禁在军中。沮授在狱中夜观天象，推断曹军可能劫掠乌巢屯粮之所，急忙报告袁绍。袁绍非但不听，反而怒斥沮授："汝乃得罪之人，何敢妄言惑众！"遂令人监押出去。果不出沮授所料，乌巢屯粮之所被曹操烧掉，袁绍军心惶惶。官渡之战，袁绍大败，只能在仓皇中带领随行八百余骑，奔回冀州。

　　沮授忠心耿耿，虽被拘禁，但仍不顾个人得失，为袁绍进献良策，结果"逆耳忠言反见仇"。孤立地看待这件事情，也许我们会认为袁绍一时执迷不悟。如果把这件事情和袁绍官渡之战前一系列的决策联系起来，就会深刻地体会到"独夫袁绍少机谋"。"少机谋"对一位统帅人物来说是致命的缺点。统帅是人才群体结构中的核心人物，具有高能的聚合力。他的认知、判断和决策，时刻都应体现高屋建瓴的战略意识。只有这样才能掌握"两利相权从其重，两害相衡趋其轻"的原则，时刻保持统帅的明智，而不会因个人一时的好恶而随意做出蠢事。袁绍由于"少机谋"导致他一错再错，终于走向败亡。

# 赞沮授

河北多名士①，忠贞推沮君：
凝眸②知阵法，仰面识天文；
至死心如铁，临危气似云③。
曹公钦④义烈，特与建孤坟。

## 注 释

①河北多名士：东汉冀州刺史部辖有魏郡、巨鹿、常山、中山、信都、清河六郡，东汉末治所邺县（今河北临漳西南）。沮授，广平人，广平后属魏郡。田丰，巨鹿人，审配，魏郡人。史称河北豪杰。
②凝眸：眼神集中，目不转睛地注视。
③气似云：即浩然之气。
④钦：敬重。

## 赏 析

史载沮授"少有大志，擅于谋略"。在官渡之战前，沮授就已经了解了双方的作战实力和后勤保障情况。他并向袁绍提出自己的战略构想："我军虽众，而勇猛不及彼军；彼军虽精，而粮草不如我军。彼军无粮，利在急战；我军有粮，宜且缓守。若能旷以日月，则彼军不战自败矣。"只不过刚愎自用的袁绍不但不采纳这条对他最有利的计策，而且认为沮授"怠慢军心"，将其锁禁。

渡黄河之前，沮授又建议袁绍留兵马驻守各个渡口，以便有条退路。但袁绍认为自己不可能失败，再次否决他的建议。

后来曹操带兵直奔乌巢，形势万分危急。沮授不顾罪人身份，连夜求见袁绍，希望其加强乌巢的防备，却又被袁绍怒斥为妄言惑众。

　　在官渡之战的每一个节点上，如果袁绍能采纳沮授的任何一条建议，他们可能不会一败涂地。

　　沮授被多次冷漠拒绝的结果不是怨恨，而是至死不渝的忠诚。最后袁绍惨败逃亡，沮授被俘。曹操敬重其才，苦苦相劝："本初无谋，不用君言，君何尚执迷耶？吾若早得足下，天下不足虑也。"但沮授不为所动，想要偷马逃出去投奔袁绍，曹操一怒之下要杀他，沮授至死神色不变。曹操感佩其为人，建坟厚葬，以表彰他的忠烈。

# 第三十一回

## 田丰之死

昨朝沮授军中失，今日田丰狱内亡。
河北①栋梁皆折断，本初焉不丧家邦②！

### 注释

①河北：指黄河以北地区。即当时幽、冀、青、并四州之地。官渡之战前为豪强袁绍所占。建安十八年（213），曹操以献帝名义下诏恢复《禹贡》九州之制，省幽、并二州入冀州。河北一般泛指冀州所辖郡、县。

②焉：怎么。家邦：本指家与国，亦泛指国家。

### 赏析

这首诗从"田丰之死"这一视角，进一步揭示了袁绍的性格弱点，将给他的政治军事集团在决定命运的官渡大战中带来致命灾难。

袁绍兴兵讨伐曹操，揭开了官渡之战的序幕。袁绍集团的谋士有的主战，有的反对。谋士田丰反对出兵，他认为："兵起连年，百姓疲弊，仓廪无积，不可复兴大军。"袁绍没有采纳反对派的意见，执意出兵。最终讨曹失败，进军不利，退居河北。这时曹操乘机征伐刘备，许都兵力空虚。田丰极力劝袁绍再次起兵，攻打曹操，袁绍却以儿子有病为由，拒不采纳田丰的建议。为此，急得田丰不禁以杖击地叹曰："遭此难遇之时，乃以婴儿之病，失此机会，大事去矣，可痛惜哉！"但当曹操击败刘备后，回师许都，这时候袁绍却要出兵。田丰认为形势不好，劝谏袁绍："前操攻徐州，许都空虚，不及此时进兵；今徐州已破，操兵方锐，未可轻敌。不如以久持之，待其有隙而后可动也。"袁绍未采纳其忠言。田丰又谏，绍怒曰："汝等弄文轻武，使我失大义！"田丰顿首曰："若不听臣良言，出师不利。"绍大怒，想要杀了他。经过人劝阻，袁绍将田丰囚禁于狱中。

　　一天，狱吏来见田丰曰："与别驾贺喜！"丰曰："何喜可贺？"狱吏曰："袁将军大败而回，君必见重矣。"丰笑曰："吾今死矣！"狱吏问曰："人皆为君喜，君何言死也？"曰："袁将军外宽而内忌，不念忠诚。若胜而喜，犹能赦我；今战败则羞，吾不望生矣。"狱吏不信。不一会儿就有人来传袁绍命令，要将田丰斩首，狱吏方惊。田丰说："吾固知必死也。"狱吏皆流泪。丰曰："大丈夫生于天地间，不识其主而事之，是无智也！今日受死，夫何足惜！"乃自刎于狱中。

　　田丰这个过场人物出现在袁绍和曹操的官渡大战中，始终没有离开袁绍集团。他死前对袁绍性格的概括——外宽内忌，是对袁绍入木三分的认识。他如果不是跟随袁绍多年，那绝不会有如此恰当的评价，不仅透视了袁绍的性格，还揭示了这次大战袁绍败北的一个重要原因。

# 第三十二回

## 袁绍之死

累世公卿立大名<sup>①</sup>，少年意气自纵横。

空招俊杰三千客，漫有英雄百万兵。

羊质虎皮功不就<sup>②</sup>，凤毛鸡胆事难成。

更怜一种伤心处，家难徒延两弟兄<sup>③</sup>。

### 注 释

①累世：世世代代。公卿：三公九卿，泛指朝廷中的高级官员。袁绍高祖袁安、曾祖袁敞、祖父袁汤、叔父袁逢，都官至司徒、司空等职。叔父袁隗，两任司徒，后任太傅，"四世居三公位"。

②羊质虎皮：形容徒有其表，外貌很威武，而实际却很懦弱。不就：即不成。

③家难徒延两弟兄：史载袁绍有四个儿子。小说中只写到三个，即袁谭、袁熙、袁尚。袁绍被曹操击败而病亡后，其子不睦。袁谭、袁尚争夺冀州，互相攻杀，给曹操分化瓦解、各个击破提供了可乘之机。袁谭与曹操决一死战中被杀。袁尚投奔袁熙，又遭曹操进击，不得已二人投奔辽东公孙康，被公孙康斩首送给了曹操。至此，袁绍之子全部被杀。其原因之一便是兄弟不和，互相攻杀。因此说"家难"是因白白地多了袁谭、袁尚"两弟兄"。延，扩展，引申为多余。

### 赏 析

　　袁绍在官渡大战中败北，病后未愈，又遭到曹操进攻冀州。袁尚自负其勇，代父领兵出战，大败而归。袁绍因此又受惊吓，旧疾复发，吐血而亡。这首七律，给袁绍的一生做了精辟概括。

袁绍是东汉末年最大的豪强，称霸北方，雄冠中原，大有一统天下之势。形成这个优势的因素主要有：第一，他有诸豪强不可比拟的政治资本，出身于"四世三公"的官僚望族之家，其高祖父袁安，做过汉朝的司徒，从袁安以后，曾祖袁敞、祖父袁汤、叔父袁逢都官至"三公"之位，"由是势倾天下"。第二，他当年曾为支撑汉室将倾的大厦，也不遗余力地做过一番贡献。诛宦官，抗董卓，横刀长揖出京门，被十八路讨董联军公推为领袖，这都是他一生闪光的事业，英雄的壮举。第三，袁绍容貌修美，仪态威武，能够屈节下士，天下俊杰很多都归附了他。加上"袁氏树恩四世，门生故吏遍于天下"，因而袁绍集团集聚了一大批人才。所以诗的首联说："累世公卿立大名，少年意气自纵横。"

诗的颈联突然笔锋一转，"空招俊杰三千客，漫有英雄百万兵"，这是为什么？袁绍占有青、幽、并、冀四州之地，"带甲百万，谷支十年"，麾下文臣武将济济，进可以争天下，退可以守一方。而官渡一战，七十万大军，仅剩八百残兵败将。继而接连失利，威威赫赫的袁绍豪强集团，终于毁灭。对此，人们可以从各个方面加以评说，但当年有识之士都认为袁绍个人器质上的弱点是一个重要的内因。曹操与袁绍年龄相当，官渡之战时他们都处于四十多岁的英年之际。青年时代，曹操便和袁绍有过交往，他对袁绍了如指掌，认为他："志大而智小，色厉而胆薄，忌克而少威，兵多而分画不明，将骄而政令不一。"杨阜当年曾以州从事的身份到过许都，他回去后，关西的诸将问他，袁绍和曹操谁能打胜，他说："袁公宽而不断，好谋而少决，不断则无威，少决则失后事，今虽强，终不能成大业。曹公有雄才远略，决机无疑，法一而兵精，能用度外之人，所任各尽其力，必能济大事者也。"从袁绍集团中出来的荀彧、郭嘉对此也有过类似的评价。所以陈寿在《三国志·袁绍传》中对其的结论："外宽内忌，好谋无决，有才而不能用，闻善而不能纳，废嫡立庶，舍礼崇爱，至于后嗣颠蹶，社稷倾覆，非不幸也。昔项羽背范增之谋，以丧其王业；绍之杀田丰，乃甚于羽远矣！"事实正是如此，不但良谋荀彧、郭嘉、许攸离他远去；就是效死之士如沮授、田丰等也无法施展他们的才华；忠义之将高览、张郃则因奸臣谗言被猜疑，无奈愤然阵前倒戈，造成袁绍集团人才大量流失和损折。这都是袁绍个人的性格缺憾所致，正如诗句形象地说他："羊质虎皮功不就，凤毛鸡胆事难成。"可谓入骨三分。

　　袁绍虽死，但因其废长立幼，遗患仍未止。他生前把几个儿子改为外任，各据一州，拥兵自重。长子袁谭为青州刺史，而留小儿子袁尚在冀州，偏爱之情，造成长幼不睦。再加上其军中彼此各有一派势力。以河北集团的审配为一方，颍川集团的辛评、郭图为一方，双方的矛盾又影响并发展到袁氏家族的内部。因此，袁谭、袁尚兄弟之间的争斗，又表现为河北、颍川集团的争斗。待袁绍死后，审配、逢纪矫诏遗命，奉袁尚为冀州牧。郭图、辛评拥立袁谭以长争位，致使袁氏兄弟互相攻杀，祸起萧墙。曹操趁机各个击破，先灭袁谭，后破袁尚。袁尚、袁熙败亡，投奔辽东，公孙康诱杀袁氏二兄弟，送其首给曹操。至此"四世三公"的望族，由于袁绍撒下了灾难的种子，全部灭亡。"更怜一种伤心处，家难徒延两弟兄。"虽不能说完全没有道理，但其实祸根还在"两弟兄"的老子身上。

## 审配之死

河北多名士，谁如审正南①：

命因昏主丧，心与古人参②。

忠直言无隐，廉能志不贪。

临亡犹北面③，降者尽④羞惭。

**注释**

①审正南：即审配，字正南。

②参：比验。

③临：面对。犹：还。北面：北，方位名词作动词，向北面。

④尽：都、全部。

## 赏析

袁绍死后，审配拥戴袁尚为冀州牧。袁尚领兵攻打袁谭，审配领命固守邺城。曹操率军攻城不利，审配的侄子反叛后，接应曹军，偷偷开了城门。审配被俘，拒降，后遭杀害。作者感于审配对袁氏的忠贞不贰，以这首诗赞之。

审配是袁绍的重要将领。他的业绩在小说中所占的文字不多，但十分精彩。尤其是曹操围邺城，审配坚守孤城，勇谋兼施，屡败曹军。最后因其侄子偷开城门，审配才被俘。

"操曰：'汝知献门接我者乎？'配曰：'不知。'操曰：'此汝侄审荣所献也。'配怒曰：'小儿不行，乃至于此！'操曰：'昨孤至城下，何城中弩箭之多耶？'配曰：'恨少！恨少！'操曰：'卿忠于袁氏，不容不如此。今肯降吾否？'配曰：'不降！不降！'……'吾生为袁氏臣，死为袁氏鬼，不似汝辈谗谄阿谀之贼！可速斩我！'操教牵出。临受刑，叱行刑者曰：'吾主在北，不可使我面南而死！'乃向北跪，引颈就刃。"《三国志》也记载审配临刑"声气壮烈，终无挠辞，见者莫不叹息"。

"河北多名士"这句曾出现咏沮授一诗中，今又重现在咏审配一诗中，意在映衬曹操的感叹："河北义士，何其如此之多也！可惜袁氏不能用！若能用，则吾安敢正眼觑此地哉！"曹操的话正中袁绍的致命弱点，外宽内忌，不纳良言，不重人才，致使拍马逢迎的小人乘机钻营作乱，犹如蚁穴溃堤，一遇洪水，顷刻瓦解。对于这样的昏君，审配"临亡犹北面"，生动地刻画出他的愚忠。遗憾的是"命因昏主丧"，他所尽忠的主子，袁绍志大才疏，色厉内荏，多谋少决；袁尚骄横虚狂，不讲亲情，智术短浅。都不能在豪强纷争中立足天下，鹰扬一方，何况追随他们的臣子呢？

# 第三十三回

## 赞郭嘉

天生郭奉孝，豪杰冠群英：

腹内藏经史[①]，胸中隐甲兵[②]；

运谋如范蠡[③]，决策似陈平[④]。

可惜身先丧，中原梁栋[⑤]倾。

### 注 释

①经史：经包括儒家的经典和小学方面的书；史包括各种历史书和某些地理书。这里借指有文韬。

②甲兵：铠甲和兵器。这里借指有武略。

③范蠡：春秋末越国大夫，曾助越王勾践灭吴。这里借指郭嘉在平定北方的大小战争中为曹操多出良谋，每每取胜。

④陈平：汉初大臣，能谋善断，曾助刘邦得天下。

⑤中原梁栋：郭嘉颍川阳翟（今河南禹州）人，因此说他是"中原梁栋"。

### 赏 析

郭嘉，"才策谋略，世之奇士"，有超绝的战略眼光和非凡的识人能力，善于总揽大局。他为曹操出谋划策，谋功甚伟。当年曹操担心无法与袁绍抗衡，郭嘉提出了"十胜十败"之说，帮助曹操树立信心，鼓舞将士斗志。官渡之战相持不下时，曹操担心刘备背后下手。郭嘉劝曹操勿忧："绍性迟而多疑，来必不速。备新起，众心未附，急击之必败。"不出郭嘉所料，袁绍果然还未做出反应，刘备就被击败。他对众人皆惧的孙策也不以为然，认为孙策"必死于小人之手"。后来孙策果被许家三客所杀。特别是他遗计定辽东，不劳一兵一卒，让曹操坐收渔翁之利，更是给他的谋士生涯画上了光彩夺目的一笔。

北征途中，郭嘉患病逝世。随着这位旷世奇才的离世，曹操也开始走下坡路。在以后的战役中，除取得小胜战绩外，基本无可圈可点之处。特别是赤壁之战中，百万大军灰飞烟灭，形成曹操最不愿意看到的三分天下的格局。难怪曹操想起郭嘉，捶胸大哭："哀哉，奉孝！痛哉，奉孝！惜哉！奉孝！"

# 第三十四回

## 马跃檀溪

老去花残春日暮，宦游偶至檀溪路[①]；
停骖[②]遥望独徘徊，眼前零落飘红絮。
暗想咸阳火德衰[③]，龙争虎斗交相持；
襄阳会上王孙饮，坐中玄德身将危。
逃生独出西门道，背后追兵复将到；
一川烟水[④]涨檀溪，急叱征骑往前跳。
马蹄踏碎青玻璃[⑤]，天风响处金鞭挥；
耳畔但闻[⑥]千骑走，波中忽见双龙飞：
西川独霸真英主，坐下龙驹两相遇。
檀溪溪水自东流，龙驹英主今何处！
临流[⑦]三叹心欲酸，斜阳寂寂照空山；
三分鼎足浑[⑧]如梦，踪迹空留在世间。

**注释**

①宦游：古代称在外做官或者求官。檀溪：古溪名。在今湖北襄樊市西南。唐代即已干涸。

②停骖：骖，三匹马驾一辆车；停住马车。
③咸阳火德衰：指汉室衰微。按照"五行"之说来解释朝代的兴替，据说汉朝是火德，
　故汉朝的衰落为"咸阳火德衰"。
④一川烟水：一川，一条河流；烟水，雾霭迷蒙的水面。
⑤青玻璃：形容溪水碧波如镜，好似青玻璃。
⑥但闻：但，只；只闻。
⑦临流：临，面对；流，溪水。
⑧浑：简直。

## 赏析

　　暮春时节，诗人来到了檀溪边，想起三国时期那段惊心动魄的历史，不由"停骖遥望独徘徊"。诗人凝望夕阳下浮光跃金、无语东流的檀溪，看着暮风中缓缓飘落的红絮，不禁思接千古。

　　东汉末年，天下大乱，群雄并起。刘备寄居荆州刘表处，引起蔡谓及其姊蔡夫人的猜忌。当刘表向刘备征求立嗣意见时，刘备建议"自古废长立幼，取乱之道。若忧蔡氏权重，可徐徐削之，不可溺爱而立少子也"。两人的对话被躲藏在屏风后的蔡夫人窃听后，"心甚恨之"。于是蔡夫人与其弟蔡谓商议，在襄阳城摆桌鸿门宴，请玄德赴席，想在酒酣之际，下手杀了他。

　　诗人腕挟风雷，落笔铿锵，如战鼓声骤起，以表现形势之危急。"襄阳会上王孙饮，坐中玄德身将危。"蔡谓计划周密，襄阳东、南、北门均派亲信把守，只留西门，因为有檀溪阻断道路，"虽有数万之众，不易过也"。荆州幕宾尹籍一直敬仰玄德仁义，以请他换衣为名头，把蔡夫人姐弟二人的阴谋告知玄德。玄德大惊，跨上的卢马逃出西门。蔡谓是不会让刘备轻易逃脱的，立即派人追杀。情况万分危急，既然后退无路，哪怕"一川烟水涨檀溪"，也只能"急叱征骑往前跳"。

　　的卢马"眼下有泪槽，额边生白点，名为的卢，骑则妨主"。原马主张武为此马而亡。危急关头，的卢马"前蹄忽陷"，刘备"浸湿衣袍"。他加鞭大呼："的卢，的卢！今日妨吾！"言未毕，的卢马从水中一跃三丈，飞上西岸。"马蹄踏碎青玻璃，天风响处金鞭挥。耳畔但闻千骑走，波中忽见双龙飞。"苏东坡不禁赞叹："西川独霸真英主，坐下龙驹两相遇。"

　　刘备化险为夷，读者悬着的心也落回原处。疾风骤雨过后，诗歌缓缓响起的是略带忧伤的抒情，如硝烟未尽的战场上空，飘起了悠悠的笛声。千百年过去了，檀溪依旧缓缓东流，可"龙驹英主今何处"？诗人站在空山斜阳里，凝望呼啸而去的三国战尘，不禁感叹"三分鼎足浑如梦，踪迹空留在世间"。那跃马檀溪的英主雄姿早已不见，只有诗人面对着无语东流的檀溪，心内涌起难以名状的酸楚。这是对龙驹英主的仰慕，是慨叹自己生不逢时，还是屡遭贬谪后郁郁不得志的惆怅，抑或感叹世事变化无常？谁又能说得清呢！

# 第三十五回

## 徐庶唱歌词

天地反覆兮，火欲殂<sup>①</sup>；
大厦将崩兮，一木难扶。
山谷有贤兮<sup>②</sup>，欲投明主；
明主求贤兮，却不知吾。

**注 释**

①火欲殂：汉朝将要灭亡。这是用五行生克来讲朝代兴亡替代的一种宿命论说法。火，
　据说汉是火德；殂，死亡。
②山谷：比喻为民间。贤，即人才。

**赏 析**

　　徐庶得到司马徽的指教，想投靠刘备，所以行歌于市。刘备听
到歌声，下马相见，邀他入衙，问他姓名，于是请徐庶做军师。
　　徐庶"葛巾布袍，皂绦乌履，长歌而来"。无论是他所采取的
"行歌于市，以动尊听"的自荐手段，还是歌词中"山谷有贤兮，
欲投明主；明主求贤兮，却不知吾"的明确内容，都表现他因怀才
而择主。
　　徐庶所唱歌词明快直露，先描绘了形势——"天地反复兮，火

欲殂",指出汉朝将要灭亡,天下大乱。"大厦将崩兮,一木难扶。"匡扶汉室,需要群贤。各路豪杰都打着复兴汉室的旗帜争夺人才,扩充实力。周瑜曾引用东汉初年马援的一句话:"当今之世,非但君择臣,臣亦择君。"因此,无论明主求贤,还是俊杰择主,都有一个君臣遇合的问题。这才是徐庶狂歌于市的动机,他到司马徽处拜访,并告之他谒见刘表,等到接触后才发现刘表"徒有虚名,盖善善而不能用,恶恶而不能去者也"。刘表不是他要选择的明主,最终"遗书别之"。司马徽对他说:"公怀王佐之才,宜择人而事,奈何轻身往见景升(刘表)乎?且英雄豪杰,只在眼前,公自不识耳。"在司马徽的指点下,徐庶认定刘备是明主,才行歌于市,以此直面自荐。刘备果然爱贤心切,将其拜为军师。从这个视角来看,是在侧面烘托刘备他求贤若渴。假若没有这种求贤的至诚,何来三顾茅庐?从深层结构上来讲,还是在为诸葛亮出山做蓄势、行铺垫。

# 第三十六回

## 徐庶走马荐诸葛

痛恨高贤不再逢<sup>①</sup>，临岐<sup>②</sup>泣别两情浓。
片言却似春雷震，能使南阳<sup>③</sup>起卧龙。

**赏 析**

　　徐庶在《三国演义》中只是一个过场人物。这个形象在整个艺术构思中，最重要的作用有二：一是导出诸葛亮的出场，二是引发了刘备求贤的强烈欲望。这首诗正是出于此，前两句写惜贤，后两句写荐贤。

　　刘备自得徐庶以后，三战三捷，尝到了有良谋的滋味；而曹操损兵折将，连吃败仗，也认识到了徐庶的才干。曹操为了把徐庶网罗在自己的羽翼下，便把徐庶的母亲接到军中，希图徐母作书，召回儿子。但此计遭到徐母拒绝，于是便教人模仿徐母字体，伪造家书，骗取徐庶进曹营。徐庶是大孝子，看到信后大哭，忍痛告别刘备。临行刘备依依不舍，走一程，送一程，执手相泣。"玄德立马于林畔，看徐庶乘马与从者匆匆而去。玄德哭曰：'元直去矣！吾将奈何？'凝泪而望，却被一树林隔断。玄德以鞭指曰：'吾欲尽伐此处树林。'众问何故。玄德曰：'因阻吾望徐元直之目也。'"此情此景，正是"痛恨高贤不再逢，临岐泣别两情浓"。

徐庶亦感恩不尽，分别后走了不远，又拍马而回，向刘备推荐了一位奇士。刘备问："此人比先生才德何如？"徐庶回答："以某比之，譬犹驽马并麒麟、寒鸦配鸾凤耳。"刘备大喜，急问此奇士姓名，当得知是诸葛亮，方悟司马徽荐贤所指，"似醉方醒，如梦初觉"。徐庶的话，如同春雷，在刘备心中炸响。这是荐贤，而且意义十分重大。"能使南阳起卧龙。"自刘备请诸葛亮出山，便结束了他东奔西走的局面，君臣相契，共同奋斗，开创了刘蜀的千秋功业，三分天下终占其一。

# 第三十七回

## 徐母赞

贤哉徐母，流芳千古：

守节无亏，于家有补；

教子多方，处身自苦；

气若丘山，义出肺腑；

赞美"豫州"①，毁触魏武②；

不畏鼎镬③，不惧刀斧；

唯恐后嗣，玷辱先祖。

伏剑④同流，断机⑤堪伍；

生得其名，死得其所：

贤哉徐母，流芳千古！

### 注释

①豫州：刘备曾任职为豫州牧，当时人敬称为刘豫州，和现代人在姓后加官职为敬称一样。

②魏武：曹操，谥号武皇帝（魏武帝）。

③鼎镬：古代烹饪用的两种容器，也是酷刑的器具。

④伏剑：这里指王陵之母。楚汉相争时，王陵母被项羽劫持，企图招降王陵。王陵母宁死不屈，反劝王陵要尽心辅佐汉王，并拔剑自刎，此举惹怒项羽，将其烹煮。王陵母

墓便是为纪念其烈举而立。
⑤断机：这里指孟子之母。孟母曾用剪刀剪断织布机上的布来教育年幼时的孟子，后有
孟母断机的故事。

## 赏析

徐庶原名徐福，是寒门子弟。早年为人报仇，获救后改名徐庶，拜师求道。后与同郡的石广元于荆州避难，与司马徽、诸葛亮、崔州平等有才之人来往密切。刘备屯驻新野时，徐庶前往投奔，并向刘备推荐诸葛亮。徐庶南下时因母亲被曹操所掳获，徐庶不得已辞别刘备，进入曹营。徐母恨儿子不明大义，告其"忠孝不能两全"，后自缢而亡。《徐母赞》是歌颂徐庶母亲的一篇诗文。

# 隐居曲

苍天如圆盖，陆地似棋局；
世人黑白分，往来争荣辱①；
荣者自安安，辱者定碌碌②。
南阳有隐居，高眠卧不足！

## 注释

①黑白、荣辱：出自《老子·二十八章》："知其白，守其黑，为天下式。""知其荣，守其辱，为天下谷。"黑白、荣辱都是老子的哲学用语，"白""荣"可以代表居高、雄健、明亮等方面，和它对应的范畴"黑""辱"代表处下、柔弱、暗淡等方面。
②荣者：居高的人。安安：自享其荣。辱者：处下的人。碌碌：自然无为。

## 赏析

　　刘备初顾草庐，听到山畔农夫歌唱这首曲子，询问后才知道歌词是诸葛亮创作的。

　　这首诗的大意是：天如圆盖，无穷无尽；地如棋盘，方方正正。世人追名逐利，争先恐后。有人功成名就，有人身败名裂。

　　在一片喧嚣中，诸葛亮超然物外，隐居山林，躬耕陇亩，安静自守。

　　古代中国知识分子恪守的信条是："穷则独善其身，达则兼济天下。"若身在乱世，不遇明主，他们就会退守山林，读经史之论，养浩然之气，修青云之志，修身养性。如诸葛亮自述其志："苟全性命于乱世，不求闻达于诸侯。"但这种人生态度不是消极出世，而是不肯轻易择主，唯恐明珠暗投罢了。若遇明主、得天时，他们会走出自我的小天地，奋发有为，大展宏图，逢乱世则救民于水火，处盛世则施惠于众生。如被刘备"三顾茅庐"请出山的诸葛亮，一旦出场，便鞠躬尽瘁，死而后已。

# 卧龙居处

襄阳城西二十里①，一带高冈枕流水。
高冈屈曲压云根②，流水潺湲飞石髓。
势若困龙石上蟠③，形如单凤④松阴里。
柴门半掩闭茅庐，中有高人卧不起。
修竹交加列翠屏⑤，四时篱落野花馨。
床头堆积皆黄卷，座上往来无白丁⑥。

叩户⑦苍猿时献果，守门老鹤夜听经。

囊里名琴藏古锦⑧，壁间宝剑挂七星⑨。

庐中先生独幽雅，闲来亲自勤耕稼。

专待春雷惊梦回，一声长啸⑩安天下。

## 注释

①襄阳城西二十里：这里指的是襄阳的隆中，位于襄阳城西十三公里处，以隆中山而得名。因诸葛亮曾在这耕读十年，又号称卧龙岗。

②云根：云脚。

③困龙：龙落丘山，形容困卧的样子。蟠：盘曲。

④单凤：孤独的凤鸟。

⑤修竹：长长的竹子。翠屏：绿色屏风。

⑥白丁：没有功名的平民百姓。

⑦叩户：叩，询问；户，本指单扇门，引申为住屋的出入口。

⑧囊：口袋。古锦：年代久远的锦缎。意思是说名琴藏在古锦锦囊之中。

⑨七星：即七星剑。古宝剑，有七星图纹。

⑩长啸：长鸣。在这引申为一鸣惊人。

## 赏析

隆中景色——"山不高而秀雅，水不深而澄清；地不广而平坦，林不大而茂盛；猿鹤相亲，松篁交翠"，相映成趣，使人感到贤者隐居之地"清景异常"。这首诗描绘了诸葛亮所居之处卧龙岗的景致。依照空间线索由远而近，推出一幅幅画面：古隆中依山傍水，卧龙岗的气势，草庐的幽雅，和世外高士的闲适潇洒、高雅出尘的风采，犹如展读一幅古朴而清雅的画卷，令人心旷神怡。

诗的前六句写卧龙岗的景色。隆中山位于襄阳城西，那山势起伏盘旋，犹如卧龙蟠踞。那山形又仿佛绿树浓荫中一只栖息的凤凰。山上茂林修竹，郁郁葱葱。山下小桥流水，清幽宜人。"流水潺湲飞石髓"，相传是古代圣人服食石髓，可以羽化成仙，真是风水宝地，人杰地灵。难怪被苏东坡称为"三代下一人"的诸葛亮生活于斯呢！

诸葛草庐，柴门半掩，竹篱茅舍，野花馨香，古朴幽雅。诸葛亮十七岁在此隐居，耕读十年，交游士林，切磋学问，纵论天下。观其居室，床上书卷堆积，壁间宝剑悬挂，锦囊古琴，玉匣棋子。这表明诸葛亮隐而有志，只等待时机。毛氏评点《三国演义》这一章回时说："淡泊宁静之语是孔明一生本领。淡泊，则其人之冷可知。宁静，则其人之闲可知。天下非极闲极冷之人，做不得极忙极热之事。"作者描绘卧龙岗草庐清幽闲静，都是为了烘托其主人的思想情趣和性格风貌。

诗的末联"专待春雷惊梦回"一句比喻机遇。人才只有和机遇相撞击，才能迸发闪亮的火花，昭示辉煌的时刻。诸葛亮出山，大展宏图，开始走向属于他的舞台，以巨人的大手推动历史的车轮向三分天下的方向转动，正是"一声长啸安天下"。

# 壮士功名尚未成

壮士功名尚未成，呜呼久不遇阳春①！

君不见：东海老叟辞荆榛②，后车遂与文王亲；

八百诸侯不期会，白鱼入舟③涉孟津；

牧野一战血流杵④，鹰扬伟烈冠武臣。

又不见：高阳酒徒⑤起草中，长揖芒砀"隆准公"；

高谈王霸惊人耳，辍洗延坐钦英风⑥；

东下齐城七十二，天下无人能继踪。

二人功绩尚如此，至今谁肯论英雄？

**注释**

①阳春：春天。引申为人才得以施展抱负的机遇。

②东海老叟：指姜子牙。他得遇文王时已经八十多岁了，故称"东海老叟"。荆榛：泛

指丛生灌木，多用以形容荒芜的情景。

③白鱼入舟：武王渡黄河时，到了中流，有白鱼跳入船里，武王俯身取鱼来祭祀。

④血流杵：即流血漂杵，形容战事惨烈。

⑤高阳酒徒：指郦食（yì）其（jī）。他谒见刘邦时自称"高阳酒徒"，后被刘邦重用，成为楚汉战争中的风云人物。下句的"隆准公"即刘邦的别称。

⑥辍洗：停止洗脚。延：邀请。

## 赏析

刘备二访隆中，快到茅庐时，忽然听见路旁酒店中有人唱歌。上前打听，才知道是诸葛亮的好友石广元和孟公威在这里击桌而歌。所选诗文是石广元唱的歌词。

这首歌词是从李白《梁甫吟》诗的前半部分化用而成的。诗意大致相同，文字做了调整，更通俗易懂。

诗歌开门见山，提出人才与机遇的问题。然后，连用"君不见"讲了两个历史典故。一个说姜子牙长期埋没民间，五十多岁在棘津当小贩，七十岁在朝歌当屠夫，八十岁时还垂钓于渭水之滨，钓了十年，"广张三千六百钓"，才得遇文王，遂展平生之志。另一个说郦食其，刘邦原把他当作一个平常的儒生。当他谒见刘邦时，侍女正给刘邦洗脚。见郦生进来，刘邦仍然坐着不动。但这位自称"高阳酒徒"的儒生，凭着雄辩的口才，使刘邦立刻改变了态度，以礼相待。从此，他为刘邦游说齐国，说服齐王率七十二城降汉，成为楚汉相争中的风云人物。

作者根据李白的诗意，抽出前半部分单独作为一首歌词，设置在《三国演义》中，借助石广元之口来表现诸葛亮与其好友们隐而待仕的政治态度和价值取向。封建知识分子认为人治的天下，成就功名在于机遇。"壮士功名尚未成"，是"久不遇阳春"。当然，这个机遇并不是我们今天所理解的内涵，它里面包容着天命、运数等观念，而且时刻笼罩着历史人物和历史事件。比如诸葛亮出山伊始，司马徽便说："虽卧龙得其主，不得其时，惜哉！"刘备对崔州平讲明

访求诸葛亮的缘由后，崔州平便指出："……将军欲使孔明斡旋天地，补缀乾坤，恐不易为，徒费心力耳。岂不闻'顺天者逸，逆天者劳''数之所在，理不得而夺之；命之所在，人不得而强之'乎？"正由于运数使然，诸葛亮虽有只手补天之愿，参天之功，但无恢复汉室之运。天命、运数如影随形地影响着诸葛亮一生的遭际，在冥冥中强有力地制约着他的事业和生命。所以说，"阳春"这个比喻是多层次的，既有良才遇贤主的机遇，又有天命、运数佳与不佳的问题。但这些观念都是难以清晰地表达，也无法清楚地预测。因此，他们总处在二律背反的心态中，既追求隐逸、高雅脱俗的生活情趣，又不可淹没兼济天下的志向。歌为心声，它代表了诸葛亮及好友们的人生价值的取向和生活态度的选择。

# 吾皇提剑清寰海

吾皇提剑清寰海<sup>①</sup>，创业垂基四百载<sup>②</sup>；
桓灵季业火德衰<sup>③</sup>，奸臣贼子调鼎鼐<sup>④</sup>。
青蛇飞下御座傍，又见妖虹降玉堂；
群盗四方如蚁聚<sup>⑤</sup>，奸雄百辈皆鹰扬<sup>⑥</sup>。
吾侪长啸空拍手，闷来村店饮村酒；
独善其身<sup>⑦</sup>尽日安，何须千古名不朽！

### 注释

①吾皇：指汉高祖刘邦。传说刘邦斩蛇揭竿，起兵反秦。寰海：即环宇四海，喻指中国。
②四百载：西汉建朝于公元前206年到东汉末年，约为四百年。
③桓灵：指汉桓帝、汉灵帝在位时期，东汉皇朝衰败。季业：国势衰败。火德：汉朝以火来附会王朝命令。衰，败亡。
④鼎鼐：喻宰相之权位。调：调弄。引申为篡夺。东汉时只设三公和尚书令，行宰相之权，不设宰相。权臣董卓和曹操恢复丞相或相同的官职，而且自我任命担任此职，实质上是权臣篡位的一种过渡和信号，所以这里说"调鼎鼐"。
⑤蚁聚：如蚂蚁般聚集。比喻结集者之多。
⑥鹰扬：比喻勇武如雄鹰飞扬。

⑦独善其身：孟子认为："穷则独善其身，达则兼善天下。"意思是在仕途困顿的时候，就修养个人的节操；为官做宦时，便治国平天下。

## 赏析

　　刘备二访隆中，在路旁酒店处听到诸葛亮友人击桌而歌。歌词前八句大意是：高祖刘邦斩蛇起义，横扫中原，奠定汉室四百年基业。传至桓灵二帝时，天下大乱，汉室衰微。青蛇于龙座，妖虹现于朝堂；盗贼多如聚蚁，奸雄如鹰聚空。短短八句，概括了汉朝由盛而衰的运势。

　　歌词后四句抒发感慨。贤士既然生不逢时，不能"兼济天下"，那就"独善其身"。抚掌长叹，苦闷至极，就去村店借酒消愁，长歌一曲，尽吐胸中块垒。那些出将入相青史留名的人，最后结局又怎样呢？有的因官场险恶，退身无路；有的明珠暗投，遗恨终生；有的征战沙场，最终兔死狗烹；有的陪王伴驾，天天如履薄冰……还不如淡泊功名，退步抽身，归隐山林，以乐天年。

　　看破红尘并不等于没有信念，诗歌主要表达一种怀才不遇的怅惘与无奈。其实他们内心里何尝不渴望建功立业，在书简上留下属于自己的辉煌一笔？诗歌虽是借诸葛亮好友之口唱出，表达的却是诸葛亮由隐居到出仕的真实心路历程。

# 凤翱翔于千仞兮

凤翱翔于千仞兮，非梧不栖①。

士伏处②于一方兮，非主不依。

乐躬耕于陇亩③兮，吾爱吾庐。

聊寄傲于琴书④兮，以待天时⑤。

## 注 释

①"凤翱翔"二句：传说黄帝即位以后，凤凰飞集在帝居东园的梧桐树上。
②伏处：隐居。
③陇亩：田地。
④聊：暂且，姑且。寄傲：寄托旷放高傲的情怀。琴书：古琴和书籍，象征儒者的风雅。
⑤天时：时机、机遇。

## 赏 析

　　刘备等人辞别石广元和孟公威后，直奔卧龙岗而来，在草堂外见一少年拥炉抱膝，吟咏诗歌，这是诸葛亮的弟弟诸葛均。这首歌虽出自诸葛均之口，但实际上是诸葛亮人生哲学的写照。诸葛亮虽身居隆中，躬耕陇亩，但胸怀天下。歌词的内容主要表现了诸葛亮"择主而事"和"待时而动"的思想。

　　一个人性格素质的形成和表现，是从各方面体现出来的。小说中对诸葛亮积极用世的思想也是从多方位、多层次加以体现的。由于长期受儒家学说的影响，诸葛亮把从政看作自己一生的抱负，而且根据自己的气质和才学，把坐标定在贤相良佐之位上，"尝自比管仲、乐毅"。诸葛亮以管仲、乐毅自比，表现出他的志向和目标。从这个角度出发才能看出诸葛亮的隐居不过是"以求其志"的一种形式。他追求道家形而上的精神，修炼人品，躬耕乐道，以经籍自娱，借古琴陶冶，从而实现"淡泊以明志，宁静而致远"。

　　小说描写刘备三访隆中，听到农夫、诸葛亮的好友所唱的歌词，尽管每一首的侧重点不同，但都交织在儒家的用世和道家的出世的矛盾之中，这种儒道共存且互补的心态，虽然在不同朝代不同性格的封建文人中表现各异，但作为封建文人深层心理的积淀却是共同的。如果说小说中的散文描写侧重于表现刘备求贤若渴的话，那么小说中设置的诗歌则更多地表现诸葛亮在用世和出世的矛盾中经历着一场心理风暴，含蓄而有情味。这真是惜墨如金的用笔，也是《三国演义》用诗词刻画人物的绝妙的艺术构思和创造。

# 梁父吟

一夜北风寒，万里彤云①厚；
长空雪乱飘，改尽江山旧②。
仰面观太虚③，疑是玉龙④斗：
纷纷鳞甲飞，顷刻遍宇宙。
骑驴过小桥，独叹梅花瘦⑤！

## 注释

①彤云：阴云。
②改尽江山旧：这句的词序应为"改尽旧江山"。因押韵的需要，将词序做了颠倒。
③太虚：天空。
④玉龙：喻雪。
⑤梅花瘦：梅花本有清丽傲雪之态，这里用"瘦"字，进一步形容它在漫天皆白的环境映衬下，愈发清瘦，瘦得清丽，瘦得脱俗。

## 赏析

刘备二访茅庐，失望而归，在回来的路上听到诸葛亮的岳父黄承彦吟这首《梁父吟》。原来黄承彦在诸葛亮家中看到了这首诗，后因偶然看见篱落间的雪地梅花，故脱口而出。刘备听后大加赞赏："所吟之句，极其高妙。"

东汉末年，豪杰并起，群雄争霸。想要立志建功立业之人，皆耐不住寂寞，争先恐后走出家门，或依附权贵，或转战沙场。在一片喧嚣吵嚷、争权夺利的浊流中，不被裹挟着前行，并不是一件容易的事。这需要一种定力，需要内心世界的宁静，需要坚守精神家园。即使环境再恶劣，哪怕狂风呼啸，雪花乱飘，江山尽改，也都应像雪地梅花那样，宁静淡泊，安守静谧，不与百花争艳，独立于冰天雪地之间，散发独有的馨香。

梅花是隐者，诸葛亮自喻梅花。在漫漫雪地中独自盛开的梅花，形神毕肖地刻画出诸葛亮隐居隆中的心态、志趣和精神境界。

帮事发展到这里，仍在蓄势，从侧面将笔墨泼洒到诸葛亮身上，让读者对即将登场的他有了多层次、全方位的了解。

# 风雪访贤良

一天风雪访贤良①，不遇空回意感伤。
冻合②溪桥山石滑，寒侵鞍马路途长。
当头片片梨花③落，扑面纷纷柳絮④狂。
回首停鞭遥望处，烂银⑤堆满卧龙岗。

### 注释

①贤良：有德有才的俊杰。
②冻合：冻结。指桥下的溪流因寒冷而凝固，仿佛与桥合成了一个整体。
③梨花：比喻雪花。
④柳絮：比喻雪花。
⑤烂银：比喻大雪铺天盖地，一片洁白。

### 赏析

刘备奔波半生，处处碰壁，或被被豪强攻杀，或受枭雄猜忌，饱尝寄人篱下的辛酸,忍够东躲西藏的凄凉。最后他终于深刻认识到,想要安天下救万民,必须有贤良辅佐。因此他思贤若渴,一顾茅庐惆怅而归,顶风冒雪再访隆中,谁料又"不遇空回意感伤"。

诗歌处处写景,字字融情。在悲观失望情绪的笼罩下,刘备归途中所见的一切,都让他心灰意懒。溪水结冰和小桥冻结在一起;雪满山石,路滑难行;寒气浸透马鞍,归路是那么漫长;大雪随风飞舞,洁白如片片吹落的梨花,纷纷如漫天翻卷的柳絮。虽渐行渐远,可总是恋恋不舍,满怀希望,再度回首卧龙岗,已被白银似的大雪覆盖。

顶风冒雪访贤,虽然失望而归,但并没有动摇刘备继续求贤的决心。他深信,漫天风雪终会过去,万物复苏的春天即将到来。孔明是卧龙,非凡之人定是应时而起。一天风雪见证了刘备礼贤下士的情怀,盎然春意也将伴随着卧龙的横空出世而出现。对于这样一位重要人物的出场,作者层层蓄势,步步推出,足见其艺术匠心。

# 第三十八回

## 大梦谁先觉

大梦<sup>①</sup>谁先觉？平生我自知。
草堂春睡足，窗外日迟迟<sup>②</sup>。

**注释**

①"大梦"句：这句诗是从李白《与元丹丘方城谈玄作》"茫茫大梦中，惟我独先觉"中化用而来的。觉，佛家语，意思是会得真理以开心智为觉悟。

②日迟迟：迟，慢。天长夜短，太阳落得很晚。

**赏析**

刘、关、张三访隆中，在离草庐半里之外时就下马了，知诸葛亮正睡觉呢，于是拱立阶下。过了一个时辰，诸葛亮才睡醒，之后便口吟这首绝句。

"大梦谁先觉？平生我自知。"东汉末年社会动荡，群雄并起。有不甘寂寞、追名逐利的政客，也有淡泊宁静、栖身山林的隐士。面对纷繁复杂的政治态势，混浊翻滚的社会洪流，又有几人能看得清、参得透呢？众人皆醉而孔明独醒。他见识卓绝，对世间万物洞若观火，既不盲目跟风，也不清高自傲。他对自己的才能有充足的自信，怀抱利器，静待天时。

亮相吟的诗，是自我形象的集中写照。东汉末年，社会动荡，诸葛亮为躲避战乱，隐居在当时相对安定的荆襄之地。他虽身在草庐，但熟识天下之势。

年深日久的文化积淀，自会内化成神韵与情怀。所处境遇不同，外显亦有差异。若时机契合，自当择明主而事之，"乘时变化，犹龙得志而纵横四海"，以求"不负大丈夫之志"。若时乖运蹇，就退隐林泉，与轻风为伴，与白云相随，春日迟迟，草堂睡足，活出轻松，活出恬然。

这种进而有余、退则有度的从容，非大智大贤者不能拥有。

"千呼万唤始出来"，经过层层渲染，步步蓄势，我们期待已久的主人公终于出场。他吟诗赋志，飘然若仙，登上历史舞台，大展雄才，成为古代贤相的代表人物。

# 隆中对策

豫州当日叹孤穷①，何幸南阳有卧龙②！

欲识他年分鼎③处，先生笑指画图中。

**注释**

①豫州：刘备曾做过豫州刺史，号称刘豫州。孤穷：孤立而危殆。

②何幸：何，多么；幸，庆幸、幸运。南阳有卧龙：汉代南阳、襄阳同属南阳郡，因此住在南阳和襄阳的人都可以称自己是南阳人。

③分鼎：三分天下而雄踞一方。

**赏析**

诸葛亮在隆中决策时，"命童子取出画一轴，挂于中堂，指谓玄德曰：'此西川五十四州之图也。'"于是指着挂图对刘备纵谈自己的战略思想。

刘备自起兵以来，颠沛流离半生，备尝人间艰辛苦涩。后经司马徽指点，他茅塞顿开：想开创伟业，需有虎将，更需有善用虎将之人，即谋臣。所以刘备三顾茅庐，力请诸葛亮出山相助。

史载诸葛亮读书不求精熟，而独观其大略。跳出树林看树林，甩开书本看精神，透过现象看本质，做到融会贯通，说明诸葛亮不是"寻章摘句"的腐儒，而是兴邦立世的人才。正因如此，他的目光才越过隆中，扫视寰宇，对天下走势了如指掌。

当刘备请他"开其愚而拯其厄"时，他成竹在胸，侃侃而谈：对北抗拒曹操，对南联合孙权，对内修明政理。他还挂起西川地图，指出要想建立王霸之业，"北让曹操占天时，南让孙权占地利，将军可占人和。先取荆州为家，后即取西川建基业，以成鼎足之势，然后可图中原也"。

诸葛亮不仅向刘备分析了天下大势，而且帮他确立了三分天下的战略思想和总路线，这成为刘备事业的转折点。"欲识他年分鼎处，先生笑指画图中"，一个"笑"字写出了诸葛亮的风流倜傥、举重若轻和远见卓识，也写出了后人对隆中对策的由衷赞赏。

# 叹孔明

身未升腾思退步，功成应忆去时言。
只因先主丁宁①后，星落秋风五丈原②。

## 注释

①丁宁：即叮咛。
②星落：喻诸葛亮之死。五丈原：三国时属曹魏雍州郿国。

## 赏析

　　三顾茅庐后，诸葛亮决定出山辅佐刘备。诸葛亮准备离开隆中时，叮嘱他的弟弟诸葛均说："吾受刘皇叔三顾之恩，不容不出。汝可躬耕于此，勿得荒芜田亩。待我功成之日，即当归隐。"本诗由此而发。

　　小说围绕刘备三顾茅庐，从"徐庶荐贤"到"诸葛出山"，一共有11首诗歌。细赏之后，不难发现小说情节的重心是描写刘备求贤若渴的过程，而诗歌重心则是放在诸葛亮出世与入世的心路历程上。诸葛亮虽"许先帝以驱驰"，却又"待我功成之日，即当归隐"。这种用则行之、舍则藏之的互补心理，是中国封建士人出世与入世的文化心理的深层结构的表现。封建时代读书人奉行孔孟儒家从政的信条，漫漫一生，乐此不疲。尽管都躬行这一基本的人生模式，但人生际遇形形色色，大多数人不是进身坎坷，仕途多难而不得不困顿于书斋或茅舍；就是仕途险恶，为官做宦难以实现儒家政治理想，反而被腐败之风所吞没。当无论面临哪一种情况，都难以实现兼济天下的人生价值时，他们就不得不退缩到独善其身的人生修养上，以平复情感的失意和心理的失衡。所以孟子"穷则独善其身，达则兼善天下"，便成为历代封建文人所恪守的人生坐标。诸葛亮正是在这种心态下做出了自己的选择和安排："身未升腾思退步。"

　　"功成应忆去时言。"诸葛亮出山以后，被历史使命的驱使，他没能按照当初功成身退的初衷，去安排人生的归途。作者认为诸葛亮之所以这样，是"只因先主丁宁后"。刘备在永安宫中病危，"请孔明坐于龙榻之侧，抚其背曰：'朕自得丞相，幸成帝业，何期智识浅陋，不纳丞相之言，自取其败。悔恨成疾，死在旦夕。

嗣子孱弱，不得不以大事相托。'""先生谓众官曰：'朕已托孤于丞相，令嗣子以父事之。'"诸葛亮面对刘备托孤，一再表示："臣虽肝脑涂地，安能报知遇之恩也！"至此，诸葛亮肩负托孤之重，"受命以来，夙夜忧叹，恐托付不效"，以至"鞠躬尽瘁，死而后已"。最后他没能实践功成身退的初衷，却在六伐中原时死在五丈原的营帐中。

# 赞卧龙

高皇手提三尺雪①，芒砀白蛇夜流血。

平秦灭楚入咸阳②，二百年前几断绝③。

大哉光武兴洛阳④，传至桓灵又崩裂。

献帝迁都幸许昌，纷纷四海生豪杰。

曹操专权得天时，江东孙氏开鸿业。

孤穷玄德走天下，独居新野愁民厄⑤。

南阳卧龙有大志，腹内雄兵分正奇⑥。

只因徐庶临行语，茅庐三顾心相知。

先生尔时年三九⑦，收拾琴书离陇亩。

先取荆州后取川，大展经纶补天手⑧。

纵横舌上鼓风雷⑨，谈笑胸中换星斗⑩。

龙骧虎视安乾坤，万古千秋名不朽！

**注释**

①三尺雪：喻宝剑。
②咸阳：秦始皇建都于此。刘邦平秦灭楚，占据咸阳。
③"二百"句：从公元25年汉光武帝登基，到公元207年诸葛出山，约近二百年。
④洛阳：东汉光武帝建都于此。
⑤民厄：厄，灾难、困苦。百姓的灾难。

⑥正奇：古时用兵，以对阵交锋为正，设计拦截袭击为奇。

⑦三九：诸葛亮出山时，年届二十七岁。

⑧经纶：比喻筹划国策，处理国家大事。补天：女娲补天，后以此形容功勋卓著。

⑨纵横：谈锋奔放、尽情，毫无阻挡。舌上鼓风雷：指说话具有鼓动性。

⑩换星斗：比喻改换天地。形容诸葛亮胸有韬略，有改天换地之才干。

## 赏析

作者在诸葛亮与刘备等人离开隆中的情节中又穿插了一首古风，追叙汉朝史迹，展示当代局势，颂扬诸葛亮大志，预示未来宏图。这篇古风像在简括的背景下画一幅诸葛亮的剪影，颇具艺术匠心。

诗歌前半部分纵向追述汉朝历史，横向展现当代局势：高祖刘邦斩蛇起义，平秦灭楚，创立汉朝基业。后经光武中兴，传至桓、灵二帝，海内鼎沸，就连皇帝也蒙难出奔，成为枭雄手中的棋子。曹操挟天子以令诸侯，江东孙氏雄霸一方。唯有刘备势单力孤，空怀报国之志，困居新野，孤独失意。后经司马徽指点，徐庶走马推荐，刘备三顾茅庐，力请诸葛亮出山相助。这为孔明出场设置了气势恢宏的背景。

诗歌后半部分，始终围绕着诸葛亮展开：他隐居山野，淡泊宁静，不求闻达；他心怀天下，志在兼济，文韬武略集于一身。一旦"茅庐三顾心相知"，他便"收拾琴书离陇亩"，义无反顾地陪伴刘备踏上征程。他"受任于败军之际，奉命于危难之间"，力挽狂澜，"大展经纶补天手"。隆中对策规划蓝图，孙刘联盟对抗曹操，进荆州赢得立足之地，取西川奠定鼎立格局。他辅佐刘备走出"山穷水尽"的严冬，迎来"柳暗花明"的暖春，真可谓"龙骧虎视安乾坤，万古千秋名不朽！"

## 赞徐氏

才节①双全世所无，奸回一旦受摧锄②。

庸臣从贼忠臣死，不及东吴女丈夫。

## 注释

①才节：才能节操。
②奸回：奸恶邪僻。摧锄：铡锄。这里比喻像铡草、锄草一样除掉仇人。"摧"通"莝"，铡草。

## 赏析

孙权的弟弟孙翊"性刚好酒，醉后尝鞭挞士卒"。督将妫览、戴员二人，串通边洪，谋杀了孙翊。事后，二人又将此事归罪于边洪，将边洪杀了。二贼趁势掳掠翊家财产及侍妾。妫览还欲强占翊妻徐氏。

面对强贼的淫威，"美而慧"的徐氏既不以死硬抗，也不苟且偷生，而是不动声色，与他们斗智斗勇。她先给自己争取时间："夫死未几，不忍便相从；可待至晦日，设祭除服，然后成亲未迟。"要求合情合理，妫览从之。徐氏紧接着周密策划，密召孙翊心腹旧将孙高、傅婴二人商议对策。她首先动之以情，"先夫在日，常言二公忠义"；继而点破真相，"今妫、戴二贼，谋杀我夫，只归罪边洪，将我家资童婢尽皆分去。妫览又欲强占妾身"。然后告知以计，"妾已诈许之，以安其心。二将军可差人星夜报知吴侯，一面设密计以图二贼"。最后许之以愿，"雪此仇辱，生死衔恩！"二将皆为感泣，立誓杀贼。

到了与贼人约定的日期，她"设祭于堂上。祭毕，即除去孝服，沐浴薰香，浓妆艳裹，言笑自若"。二强贼果然中计，先后赴宴被杀。等孙权亲自领军马赶到时，徐氏已经将妫览、戴员首级祭于孙翊灵前。相比之下，那些贪生怕死、背主从贼的"庸臣"，那些不知权变、自招杀身之祸的"忠臣"，其才节胆识真是"不及东吴女丈夫"。

# 第三十九回

## 火烧博望坡

博望①相持用火攻，指挥如意笑谈中。
直须②惊破曹公胆，初出茅庐第一功！

**注 释**

①博望：县名。汉置。治所在今河南省方城县西南。
②直须：竟然要。直，竟然；须，要。

**赏 析**

　　诸葛亮初出茅庐，虽才华出众，但在当时还不出名。曹操派军南征刘备前，徐庶曾言："玄德得诸葛亮为辅，如虎生翼矣。"曹操的反应却是："诸葛亮何人也？"徐庶称赞诸葛亮"有经天纬地之才，出鬼入神之计，真当世之奇才，非可小觑"。曹操追问："比公若何？"庶答："庶如萤火之光，亮乃皓月之明也。"夏侯惇大为不满："吾看诸葛亮如草芥耳，何足惧哉！"奋然引军南征。

　　不仅曹操对诸葛亮如此轻蔑，刘备集团内部也不服诸葛亮。曹操大军杀奔新野，诸葛亮调兵遣将，部署完毕，关

羽当众责问："我等皆出迎敌，未审军师却作何事？"孔明曰："我只坐守县城。"张飞大笑："我们都去厮杀，你却在家里坐地，好自在！"被刘备劝止后，两人冷笑而去。众将虽听令，却都疑惑不定，连刘备也颇为疑惑。结果，在诸葛亮的指挥下，火烧博望坡，大败夏侯惇，刘备军队大获全胜，新野百姓望尘遮道而拜。关羽、张飞心服口服，快人快语："孔明真英杰也！"

这场战争取胜后，无论是曹操还是刘备军中，都见识了诸葛亮不同凡响的才能和神出鬼没的智谋，这也正是"初出茅庐第一功"的意义所在。

# 第四十回

## 孔融之死

孔融居北海①，豪气贯长虹：

坐上客长满，樽中酒不空②；

文章惊世俗，谈笑侮王公。

史笔褒忠直，存官纪太中③。

### 注 释

①北海：王国名，属青州，辖县十八，治所剧县，在今山东昌乐西。融曾任北海太守，时称孔北海。

②"坐上客"二句：这两句诗出自《后汉书·孔融传》，《三国演义》第十一回据本传而作：孔融"极好宾客，常曰：'座上客常满，樽中酒不空；吾之愿也。'在此北海六年，甚得民心。"

③存官：存，保存。这里指史官，因上句诗已出现"史笔"字样，这里用"存官"相对。建安元年孔融任"太中大夫"。用"太中"借代孔融。这句诗意思是因孔融极力维护儒家思想，虽被曹操所杀，但史书还是记录了他一生的操守和才华。

### 赏 析

孔融聪明有才华，为"建安七子"之一。其诗文以气胜，有风骨，被曹丕赞为"体气高妙"。他为人宽厚，"荐达贤士，多所奖进"；

又极好宾客，经常说"坐上客常满，杯中酒不空，吾之愿也"。只是他为人刚傲，"放言无忌惮"。曹丕纳袁绍儿媳甄氏为妻，孔融对曹操说："武王伐纣，以妲己赐周公。"曹操追问出处，孔融答曰："以今度之，想当然耳。"后朝廷连年用兵，军粮奇缺，曹操下令禁酒，并身体力行。孔融却每日与文人墨客聚饮。他公开宣称"投汉不投曹"，上奏要尊崇天子，扩大汉室实权，抵制曹操"挟天子以令诸侯"，这极大地激怒了曹操，于是想寻机杀掉孔融。

北方平定后，曹操决定南征。孔融上书反对："今丞相兴此无义之师，恐失天下之望。"被曹操斥退后，孔融仰天长叹："以至不仁伐至仁，安得不败乎！"这话被仇家郗虑添枝加叶密告曹操。曹操大怒，杀了孔融全家。

这首诗歌赞颂了孔融的才华、气节和操守，并为他的死深感遗憾和痛心，同时对曹操杀害贤才的行径深表不满。

# 火烧新野

奸雄曹操守中原，九月南征到汉川①。

风伯怒临新野县②，祝融③飞下焰摩天。

## 注 释

①汉川：概指汉水流域一带。
②风伯：神话中的风神。新野：西汉置，治所在今河南新野。刘备投奔刘表，屯兵于此。
③祝融：神话中的火神。

## 赏 析

平定北方后，曹操传令起大兵五十万，想趁势扫平江南，前锋直指战略要冲荆州。大军压境，诸葛亮调兵遣将，部署迎敌。他安排关羽引军用沙袋堵住白河之水，派张飞去博陵渡口埋伏，吩咐赵云去新野城内，在人家屋顶上多藏硫黄、焰硝等引火之物。

　　曹仁领兵突入新野城内，发现是座空城，认为刘备等"计孤力穷，故尽带百姓逃窜去了"，于是吩咐士兵进房安歇　当夜狂风大作，赵云率军尽将火箭射入城去。登时，"风伯怒临新野县，祝融飞下焰摩天"。火借风势，风助火威，满城火起，上下通红。曹仁引众军冒烟突火，夺路而逃。奔至白河，被关羽水淹；逃到博陵渡口，又被张飞截杀。

　　使用火攻，必须具备有利的条件。如火烧博望坡，利用的是路窄林密的地势；新野火攻，利用的是狂风骤起的天时。孙子认为，火攻与水攻都是非常有效的战术，而诸葛亮更是运用火攻的高手。他初出茅庐，就用两把火烧得曹军闻风丧胆。曹操气急败坏，破口大骂："诸葛村夫，安敢如此！"正是这位他瞧不上眼的对手，让他在赤壁那把大火中彻底败北，最终促成三分天下的格局。

# 第四十一回

## 携民渡江

临难仁心存<sup>①</sup>百姓，登舟挥泪动三军。
至今凭吊襄江<sup>②</sup>口，父老犹然忆使君<sup>③</sup>。

### 注释

①存：爱抚。
②襄江：汉水。汉水经襄阳南流入长江一段，称襄江。
③使君：汉代对刺史或奉命出使的人的尊称。汉代以后，统称州郡地方长官。这里指刘备。

### 赏析

　　曹操大兵压境，刘备寡不敌众，退守襄阳。两县百姓大呼："我等虽死，亦愿随使君！"扶老携幼，将男带女，滚滚渡河，两岸哭声不绝。刘备见状大恸，说百姓受自己的牵连而遭此大难，想要投江而死，被左右急救才止住。因所随百姓有十余万人，每日只走十余里，而曹军来势凶猛，众将都劝刘备："不如暂弃百姓，先行为上。"刘备泣曰："举大事者必以人为本。今人归我，奈何弃之？"百姓闻玄德此言，莫不伤感。

　　在《三国演义》中，刘备之所以成为广大民众支持和拥戴的"仁君"，最重要的原因就是他心系百姓，以民为本。我国的民本思想起源很早：西周时期即有重民轻天的思想；孔子推崇"仁者爱人"，并提出君与民的"舟水之论"；孟子倡导"民贵君轻"，宣传"得道者多助，失道者寡助"等。古代目光远大的统治者，都认识到"政之所兴，在顺民心；政之所废，在逆民心"。刘备身处生死关头，不顾个人安危，携民渡江，因此赢得百姓的拥护与爱戴。史学家评论道："先主虽颠沛险难而信义愈明，势逼事危而言不失道。追景升之顾，则情感三军；恋赴义之士，则甘与同败……其终济大业，不亦宜乎！"

# 赞糜夫人

战将全凭马力多①，步行怎把幼君②扶？
拼将一死存刘嗣，勇决③还亏女丈夫。

## 注释

①战将：特指赵云。多：战功曰"多"。
②幼君：特指刘禅。
③勇决：勇敢决断的意思。

## 赏析

这首诗颂赞了刘备的糜夫人，在敌军追杀、两难抉择中深明大义，牺牲自我，临难托孤。

刘备与军民十数万人一程又一程往江陵进发，终于在当阳被曹军追上，一阵厮杀之后，队伍七零八落。赵云保护的甘、糜二夫人与小主人阿斗也被冲散。待赵云杀入重围，逢人便问，终找到糜夫人，只见她"抱着阿斗，坐于墙下枯井之旁啼哭"。这时候曹军杀声渐近，追兵已至，赵云只有一匹战马，而眼下两个大人一个孩子。赵云只得"请夫人上马。云自步行死战"，糜夫人不从，先是以己受重伤，难以跟从回绝，继之以"休得两误"相拒。赵云只是不肯，"三回五次请夫人上马"。就在这一边相让一边推辞的时候，糜夫人抱定了牺牲自我、托孤于赵云的决心。她三次嘱托赵云，一次比一次恳切，一次比一次果决。"望将军可怜他父亲飘荡半世，只有这点骨血。将军可护持此子，教他得见父面"，语气舒缓，一片请托之情；"望将军速抱此子前去"，急切之情中含有命令口吻；"此子性命全在将军身上！"切盼的口吻透出嗔怒之意。短暂的时间急剧的情感变化表达她在两难抉择中，临危不惧，处事果决，好一个干练、刚毅、理智的女子。

　　在封建宗法社会里，嫡传子的观念牢不可破。何况阿斗又是刘备的后嗣，这就不仅是一个传宗接代的问题，而且是关系刘备事业后继有人的大事。糜夫人深明这个道理，因此她"拼将一死存刘嗣"。

# 赵云大战长坂坡

血染征袍透甲红，当阳①谁敢与争锋！
古来冲阵扶危主②，只有常山③赵子龙。

### 注释

①当阳：县名，西汉置，在今湖北当阳东。
②危主：指处于危难之中的刘备。
③常山：郡国名。辖境相当今河北唐河以南，内丘以北、正定、石家庄以西的地方。治所在今河北元氏县。赵云为本郡人。

## 赏析

　　这首诗主要歌颂了赵云的忠勇。前一联突出他的勇，后一联颂扬他的忠。

　　赵云是"五虎将"之一，他的勇武神威在小说中第一次全面的展现，便是大战长坂坡。曹军势不可当，冲杀得刘备属下溃不成军。负责保护刘备妻小的赵云，"自四更时分，与曹军厮杀，往来冲突，杀至天明，寻不见玄德，又失去了玄德老小"。拍马往长坂坡而去，他寻见甘夫人，救下糜竺，夺得马匹，护送二人直至张飞处。再回旧路，杀入重围，找到糜夫人和阿斗。"赵云怀抱后主，直透重围，砍倒大旗两面，前后抢刺剑砍，杀死曹营名将五十余员。"终于怀抱阿斗，献给主公。这一场威武雄壮的战斗，"血染征袍透甲红，当阳谁敢与争锋！"将赵云的骁勇无敌描写得活脱毕现。

　　赵云的勇是为了忠，小说几处描写他忠心救主、誓死报主的心理活动。当找不见刘备及其妻小，赵云自思道："主公将甘、糜二夫人与小主人阿斗，托付在我身上；今日军中失败，有何面目去见主人？不如去决一死战，好歹要寻主母与小主人下落！"当得知二夫人和阿斗的去向，赶快让简雍先去报与主人："我上天入地，好歹寻主母与小主人来。如寻不见，死在沙场上也！"当见到甘夫人、糜夫人之后，一再谢罪："使主母失散，云之罪也！""夫人受难，云之罪也！"最终还是怀抱公子，身突重围，献给刘备。俗话说：家贫出孝子，危难显忠臣。赵云的忠正是在危难之中表现出来的，所以小说家特别指出这一点："古来冲阵扶危主，只有常山赵子龙。"

# 第四十二回

## 刘备摔子

曹操军中飞虎①出，赵云怀内小龙②眠。
无由③抚慰忠臣意，故把亲儿掷马前。

### 注释

①飞虎：比喻赵云破阵斩将，杀出重围，犹如飞虎。
②小龙：比喻年幼的阿斗，因他后来做了蜀汉皇帝，故把年幼的阿斗称为小龙。
③无由：无从。

### 赏析

　　赵云冲杀出重围，赶到长坂桥时，得到了张飞的接应。又向前行了二十多里，才见到刘备。赵云叙说了糜夫人之死和救护公子的经过，看到阿斗正睡未醒，非常高兴，双手递给刘备。"玄德接过，掷之于地曰：'为汝这孺子，几损我一员大将！'赵云忙从地上抱起阿斗，哭着说：'云虽肝脑涂地，不能报也！'"

　　这首诗除了颂扬赵云在"曹操军中飞虎出"，舍生忘死，单骑救主而外，还突出了"刘备摔子"的举动。对刘备这一举止，历来多认为是收买人心。但这些说法都失之片面，孤立地品评一件事，既与刘备的典型性格系统割裂开来，又往往囿于传统的伦理道德观念，因而，有儒者见之谓之儒、道者见之谓之道的偏颇。

　　刘备性格具有双重性，是仁义和功利对应的矛盾性的体现。他作为一代争霸开国的君主，离不开封建的功利性特征，也不能不运用权谋；而且还以道德信义标榜自己，号召天下。这种矛盾在一定的历史条件下可以暂时地统一，但是从根本上来说，是不可调和的。这种矛盾性表现在《三国演义》中的刘备身上，不仅不明显，相反，宽仁信义还有助于他广揽人才，扩大号召力，深得人心。然而封建道德本身就带有虚伪的特征，有时愈是宽仁礼让，愈是虚伪欺人。刘备摔子正是这种思想性格支配下的典型表现。

　　刘备喜爱赵云由来已久。赵云本是袁绍属下，因见袁绍"无忠君救民之心"，故投公孙瓒。刘备在公孙瓒那儿初见赵云，"便有不舍之心"。后来公孙瓒兵败自焚，赵云经历一段四处飘零、占山落草的经历后，终在古城与刘、关、张聚会。他对刘备表示："云奔走四方，择主而事，未有如使君者。今得相随，大称平生，虽肝脑涂地无恨矣。"刘备对赵云的忠义信而不疑，当大败当阳，糜芳不明真情而言曰："赵子龙反投曹操去了也！"刘备斥责他说："子龙是我故交，安肯反乎？"张飞又说："他今见我等势穷力尽，或者反投曹操，以图富贵耳！"刘备回答："子龙从我于患难，心如铁石，非富贵所能动摇也。"出于这种坚定的信任，当看到赵云血染征袍，出生入死，救阿斗而来，危难之中的刘备感激之至，一时情绪冲动，掷子于地，说："为汝这孺子，几损我一员大将！"其情是真诚的。刘备用摔自己的亲儿子表示对赵云的疼爱，不近人情，但愈是长厚愈是近伪。因而诗中含蓄地讥诮他："无由抚慰忠臣意，故把亲儿掷马前。""无由"二字写透了刘备在情急危困之中没有更好的办法表达他对赵云的感激，过分的表白反倒失去真意。

## 张飞威震长坂桥

长坂桥头杀气①生，横枪立马②眼圆睁。
一声好似轰雷震，独退③曹家百万兵。

## 注 释

①杀气：凶恶的气势。
②横枪立马：形容气势强盛，凌厉逼人。
③独退：独，一个人；退，退兵。

## 赏 析

张飞是《三国演义》中塑造得十分成功的典型人物。他的性格像是带着一团光亮的火，一出场，读者就会被他粗豪的言语、憨直的举止吸引住。勇猛更是他鲜明的性格特征。其实，张飞的外貌描写，在数十万字的大书中是极其简略的，平时看去"身长八尺，豹头环眼，燕颔虎须"。暴怒起来："圆睁环眼，咬碎钢牙""声若巨雷，势若奔马"。虽字句很少，但以形传神，极为形象动人。这首诗就抓住这些特点："横枪立马眼圆睁""一声好似轰雷震"，刻画了他威震长坂坡，独退曹家兵的气概。

曹军追赵云至长坂桥，"只见张飞倒竖虎须，圆睁环眼，手绰蛇矛，立马桥上；又见桥东树林之后，尘头大起，疑有伏兵，便勒住马，不敢近前"。一会曹军众将来到，"见飞怒目横矛，立马于桥上，又恐是诸葛孔明之计，都不敢近前。扎住阵脚，一字儿摆在桥西，使人飞报曹操"。"张飞圆睁环眼，隐隐见后军青罗伞盖、旄钺旌旗来到，料得是曹操心疑，亲自来看。飞乃厉声大喝曰：'我乃燕人张翼德也！谁敢与我决一死战？'声如巨雷，曹军闻之，尽皆股栗。"

这场面一边是单枪匹马，一边是兵多将广；一边是气势逼人，一边是仓皇失措；一边是横矛立马，一边是裹足不前；一边是厉声大喝，一边是闻声丧胆。在这对比之下，越发显得张飞勇猛过人，势不可当。尤其是张飞那三声大喝，更具特色，一喝"曹军闻之，尽皆股栗"；二喝曹操"颇有退心""后军阵脚移动"；三喝致使曹操身边大将"夏侯杰惊得肝胆碎裂，倒撞于马下。操便回马而走。于是诸军众将一齐望西奔走"。这就是张飞"独退曹家百万兵"。

# 第四十四回

## 铜雀台赋

从明后以嬉游兮①，登层台以娱情。

见太府之广开兮②，观圣德之所营。

建高门之嵯峨兮，浮双阙乎太清③。

立中天之华观兮，连飞阁乎西城④。

临漳水之长流兮，望园果之滋荣。

立双台于左右兮，有玉龙与金凤。

揽二乔于东南兮，乐朝夕之与共。

俯皇都之宏丽兮，瞰云霞之浮动。

欣群才之来萃兮，协飞熊之吉梦⑤。

仰春风之和穆兮，听百鸟之悲鸣。

天云垣其既立兮⑥，家愿得乎获逞。

扬仁化于宇宙兮，尽肃恭于上京⑦。

惟桓文之为盛兮，岂足方乎圣明？

休矣！美矣！惠泽远扬。

翼佐我皇家兮，宁彼四方。

同天地之规量兮，齐日月之辉光。

永贵尊而无极兮，等年寿于东皇⑧。

御龙旗以遨游兮，回鸾驾而周章。

恩化及乎四海兮，嘉物阜而民康。

愿斯台之永固兮，乐终古而未央⑨！

## 注释

①明后：圣明的君主。后：古代天子和列国诸侯皆称后、这里指曹操。嬉游：嬉，乐，乐游。

②太府：原为官名，常管贡赋收入和库藏财物等事，后指收藏朝廷财物贡赋的处所。这里太府即大府，官府。

③双阙：古代宫殿、祠庙和陵墓前的高建筑物，通常左右各一，建成高台，台上起楼观。以两阙之间有空缺，故名双阙。这里指魏都的双阙在文昌殿外，端门左右。太清：天空。

④飞阁：跨空而建的阁道。西城：魏铜雀台在邺都北城西北隅，故谓西城，并与城西北楼阁相接，所以说连飞阁乎西城。

⑤协：辅佐。飞熊：传说周文王梦飞熊而遇吕尚，即姜太公。吉梦：好梦。旧时以此典故比喻帝王得贤臣的征兆。

⑥天云：云，误，应为功。功为王业，"天功"与"家愿"正相对称。垣：疑坦字之形误。坦，大。

⑦肃恭：敬事尊上。上京：都城。这里指许昌。

⑧等：同样。东皇：即东皇太一，天皇大帝，是天神中最尊贵者。

⑨未央：未尽，未已。

## 赏析

诸葛亮为促成孙、刘联盟，针对东吴不同地位、不同性格和不同心理的人，采取了灵活的外交手段和舌辩内容，从而达到一个目的——孙、刘联盟，共抗曹操。周瑜是江东英才，年轻气盛，又是主战派的代表。诸葛亮深知这一点，便采取"激将法"，谎说曹操南征，为的是夺取江南美女二乔。周瑜问："操欲得二乔，有何证验？"诸葛亮于是诵曹植的《铜雀台赋》，其中"揽'二乔'于东南兮，乐朝夕之与共"两句一下激怒了周瑜。周瑜乃离座指北而骂曰："老贼欺吾太甚！"

《铜雀台赋》是在曹植《登台赋》的基础上增饰而成的。其中有两段十六句为原文所没有。曹植的《登台赋》作于建安十七年（212），"时邺铜雀台新成，太祖悉将诸子登台，使各为赋。植援笔立成，可观。太祖甚异之"。曹丕在自己的《登台赋》小序中也说："建安十七年春，游西园，登铜雀台，命余兄弟并作。"小说家将它借用到赤壁大战的情节中，从时间上来说，提前了五年。从内容上来讲，增饰的部分主要是与智激周瑜一情节的内容相统一。把《铜雀台赋》设置在小说的情节之中，是为了适应作者整体艺术建构的需要，也是情节内容不可或缺的因素。

# 第四十五回

## 周瑜吟歌

丈夫处世①兮立功名；立功名兮慰平生。
慰②平生兮吾将醉；吾将醉兮发狂吟③！

### 注 释

①处世：对待社会中的人和事的价值取向以及情感态度。
②慰：慰藉。
③狂吟：狂，纵情；吟，歌唱。

### 赏 析

　　赤壁大战时，孙刘联军不足八万，但擅长水战；曹军号称八十万，但短于水战。周瑜暗暗窥探曹军水寨，得知是熟悉水战的蔡瑁、张允任水军都督后，就决定除掉这两个心腹大患。

　　曹操手下的蒋干是周瑜好友，他自告奋勇，到东吴劝降周瑜。得知蒋干来访，周瑜决定利用这颗棋子。他想了一个极为周密的计划。第一步封住蒋干之口："远涉江湖，为曹氏作说客耶？"蒋干只能推说自己是来叙旧。周瑜又勒紧一环："吾但恐兄为曹氏作说客耳。"在安排酒宴招待蒋干时，周瑜解下佩剑交给太史慈监酒："今日宴饮，但叙朋友交情；如有提起曹操与东吴军旅之事者，即斩之！"蒋干再不敢多言。第二步是表明自己的作战决心。周瑜带着蒋干察看士卒粮草，表示："大丈夫处世，遇知己之主，外托君臣之义，内结骨肉之恩，言必行，行必果，祸福共之。假使苏秦、张仪、陆贾、郦生复出，口似悬河，舌如利刃，安能动我心哉！"蒋干听了这些话后面如土色。第三步是吟歌言志。回到帐中，周瑜舞剑作歌。歌词的艺术价值并不是很高，但是其表明了周瑜报答孙氏倚重之恩、渴望建功立业的决心，也展现了文武兼备的他雅量高志的风采。

在这场斗智中，周瑜诱使蒋干盗书，利用曹操多疑的性格除掉了蔡瑁、张允，为赤壁大战的胜利扫除了障碍。

# 第四十六回

## 大雾垂江赋

大哉长江！西接岷、峨[①]，南控三吴，北带九河[②]。汇百川而入海，历万古以扬波。至若龙伯、海若，江妃、水母，长鲸千丈，天蜈九首，鬼怪异类，咸集而有。盖夫鬼神之所凭依，英雄之所战守也。时也阴阳既乱，昧爽不分。讶长空之一色，忽大雾之四屯[③]。虽舆薪而莫睹，惟金鼓之可闻。初若溟濛[④]，才隐南山之豹；渐而充塞，欲迷北海之鲲。然后上接高天，下垂厚地；渺乎苍茫，浩乎无际。鲸鲵出水而腾波，蛟龙潜渊而吐气。又如梅霖收溽，春阴酿寒[⑤]；溟溟漠漠，浩浩漫漫[⑥]。东失柴桑[⑦]之岸，南无夏口之山。战船千艘，俱沉沦于岩壑；渔舟一叶，惊出没于波澜。甚则穹昊无光，朝阳失色；返白昼为昏黄，变丹山为水碧。虽大禹之智，不能测其浅深；离娄之明[⑧]，焉能辨乎咫尺？于是冯夷息浪，屏翳收功；鱼鳖遁迹，鸟兽潜踪。隔断蓬莱之岛，暗围阊阖之宫。恍惚奔腾，如骤雨之将至；纷纭杂沓，若寒云之欲同。乃能中隐毒蛇，因之而为瘴疠[⑨]；内藏妖魅，凭之而为祸害。降疾厄于人间，起风尘于塞外。小民遇之夭伤，大人观之感慨。盖将返元气⑩于洪荒，混天地为大块。

## 注释

①岷、峨：长江西部的岷山、峨眉山。这里借代巴蜀。

②九河：《书·禹贡》记载当时黄河流至河北平原中部后，"又北播为九河"。一般泛指黄河下游许多支流的总称。

③四屯：四面聚集。屯，聚集。

④溟濛：形容烟雾弥漫。

⑤春阴：春季阴天时空中的阴气。酿寒：逐渐酿成寒冷的空气。

⑥溟溟：幽暗，迷茫。漠漠：迷蒙貌。漫漫：广大无际貌。

⑦柴桑：县名。西汉置。治所在江西九江市西南六公里。曹操自江陵顺江东下，诸葛亮至柴桑与孙权共同抵抗。

⑧离娄之明：传说为黄帝时人，视力极强，能见百步之外，秋毫之末。

⑨因之：因，介词，凭借；之，代词，它。瘴疠：南方山林中湿热空气引起的疾病。

⑩元气：指人或自然的生命力。洪荒：混沌蒙昧的状态，借指太古时代。

## 赏析

　　《三国演义》这两篇赋都出现在赤壁之战的情节中，文体形式虽相同，但在小说中所展现的艺术功能却不同。《铜雀台赋》是作为小说中人物的语言出现的，是推动情节结构的发展不可或缺的有机因素。而《大雾垂江赋》是以赋体的形式加强了小说景物描写，烘托了情节的氛围，起到了艺术描写的作用。

　　这篇赋很有特色。它意境的创造最为突出，全方位地描写长江大雾。作者很自然地抓住这篇赋对长江大雾意境的构造，为小说情节服务。这篇赋理解起来有些困难，但并不影响我们对作者这一艺术用心的理解。

　　全赋分为三部分。第一部分写长江的地理概貌和神话传说；第二部分写长江大雾的景色；第三部分写大雾的自然之力和给人间带来的灾难。

# 草船借箭

一天浓雾满长江，远近难分水渺茫。

骤雨飞蝗①来战舰，孔明今日伏②周郎。

## 注 释

①骤雨飞蝗：比喻射箭之猛之多，如骤雨，似蝗虫。
②伏：使屈服、降服。

## 赏 析

　　赤壁之战集结了孙、刘、曹三家的顶尖人物：曹操身经百战，文韬武略兼备；周瑜以远大的政治目光和卓越的军事才能名满天下；诸葛亮号称"卧龙"，初出茅庐便屡立奇功。三雄伫立江头，各怀心思。

　　周瑜用计除去蔡瑁、张允后，诸将都被蒙在鼓里，只有诸葛亮明察秋毫。周瑜决定除掉这个劲敌，就安排诸葛亮在十天内造出十万支箭，谁料诸葛亮却说三天就可以完成。原来诸葛亮算定三天后有大雾，心中已想好应对之策。到了第三天，他带着快船二十只，船上束草千余个，借着茫茫大雾的掩护驶近曹寨。重雾迷江，曹军不敢轻出，派出万余人向江中船上射箭，箭如骤雨射在船头草束上，最后清点足足有十余万支。

　　联吴抗曹是战略大局，面对周瑜设置的一个个陷阱，如果诸葛亮以牙还牙，势必演出"亲者痛仇者快"的悲剧，三分天下的战略格局也会化为泡影。为大局着想，诸葛亮巧妙避让，既完成任务，又不激化矛盾。这一方面显示了诸葛亮的大度，另一方面也展现出他的卓越才华。草船借箭的计策使周瑜心服口服，慨然叹曰："孔明神机妙算，吾不如也！"这首诗以精练的语言概括了草船借箭的经过和结果，对于深入刻画诸葛亮的形象具有重要作用。

# 第四十七回

## 连环计

赤壁鏖<sup>①</sup>兵用火攻，运筹决策尽皆同。
若非庞统连环计<sup>②</sup>，公瑾<sup>③</sup>安能立大功？

### 注 释

①鏖：激战。
②连环计：在三十六计中，专指两计并用，一计累敌，一计攻敌，方能制胜。庞统诈降曹操，为曹操出谋把船舰用铁环连接起来，表面上是帮助魏军克服不习惯水上作战的弱点，实际上把多艘战船固为一个整体，互相牵制难以逃脱。这就为孙、刘联军实施火攻、集中杀敌提供了有利的条件。从庞统的连环计到黄盖的苦肉计，再到火烧赤壁，构成了一个完整的连环计。这里只指庞统出谋用铁链子将战船连接起来。
③公瑾：周瑜，字公瑾。

### 赏 析

　　面对强敌，只能智取。诸葛亮和周瑜一致认为用"火攻"。为了给火攻创设条件，展开了一系列计谋：黄盖的苦肉计、阚泽的诈降书、庞统的连环计，以及诸葛亮的借东风。这一系列计谋中，庞统的连环计是实施火攻的关键之举。

　　曹操有千只战船，布满江面，互不关联，在这种情况下火攻不易集中火力，难以大面积杀伤敌人。庞统的连环计将战船用铁环锁住，这样一旦"一船着火"，其他各船"被铁环锁住，无法逃避"，乃是一个绝招。庞统临别，徐庶一把扯住庞统说："你好大胆！黄盖用苦肉计，阚泽下诈降书，你又来献连环计。只恐烧不尽绝！你们把出这等毒手来，只好瞒曹操，也须瞒我不得！"曹操的谋士程昱也忧虑这一点，他曾对曹操说："船皆连锁，固是平稳，但彼若用火攻，难以回避，不可不防。"后来，庞统这一计谋确实奏效。火烧赤壁的胜利，不是哪一个英雄的功劳，也不是哪一个计谋的高超，而是数计配合，才出现了"樯橹灰飞烟灭"的结果。

# 第四十八回

## 短歌行

对酒当歌，人生几何。

譬如朝露①，去日苦多。

慨当以慷，忧思难忘。

何以解忧，惟有杜康②。

青青子衿③，悠悠我心。

但为君故，沉吟至今。

呦呦鹿鸣，食野之苹。

我有嘉宾，鼓瑟吹笙。

皎皎如月，何时可辍？

忧从中来，不可断绝！

越陌度阡④，枉用相存⑤。

契阔谈宴⑥，心念旧恩。

月明星稀，乌鹊南飞。

绕树三匝，无枝可依⑦。

山不厌高，水不厌深⑧。

周公吐哺，天下归心。

## 注释

①朝露：晨露在太阳出来后很快就干。这里比喻人生短暂。
②杜康：相传是我国最早造酒的人。这里代指酒。
③子衿：周朝学子的衣服。衿：衣领。这里泛指有智谋、有才干的人。
④越陌度阡：陌和阡都是田间小路。这里引申为客人远道而来。
⑤枉用相存：枉，枉驾、屈驾。存，问候。指互相拜访。
⑥契阔谈宴：契阔，久别；谈宴，谈心饮宴。在欢乐的宴会上畅叙离别怀念之情。
⑦匝：环绕一周、一圈，叫匝。乌鸦绕树无枝可依，比喻乱世动荡人才无处依靠。
⑧厌：嫌恶。这两句诗以山和水作比，说明接纳贤才越多越好。

## 赏析

　　这段诗情画意的描写，看似"闲笔"，实则不然。它无论对于这次大战的本身，还是对于刻画曹操的典型性格，都有极其重要的作用。

　　首先，曹操戎马一生，招揽人才，开创霸业，为的就是统一天下。而眼前这场赤壁之战，对实现他的雄心有举足轻重的关系。可想到自己年过半百，一种紧迫感油然而生，因而，《短歌行》一开头就倾吐了这种情怀："对酒当歌，人生几何？譬如朝露，去日苦多。"从起兵到官渡之战取胜，尽管挫折很多，但总的趋势他是在上升。这和他招揽人才、扩充实力是分不开的，《短歌行》一诗集中反映了他建功立业、求贤若渴的抱负。但同时也在慨叹人生短暂中流露出及时行乐、苦日无多的感伤。"吾今年五十四矣，如得江南，当娶二乔，置之台上，以娱暮年，吾愿足矣！"这段表白，与其统一天下的雄心壮志，构成了曹操典型性格的内在矛盾。从思想脉络上讲，赤壁大战曹操赋诗的情节，与曹操半生的戎马生涯息息相连。

　　其次，欢乐的酒宴却以刺死刘馥匆匆不欢而散结尾。曹操因官渡的胜利而头脑发热，骄矜十足。刘馥一句进言，曹操便勃然大怒，杀之

而后快。这个细节与赤壁大战整个过程中，曹操错杀水军将领蔡瑁、张允，误信黄盖的苦肉计、阚泽的诈降书，错误地采用庞统的连环计等一系列军事谋略上的失误一样，从不同的角度折射出曹操骄矜的性格是导致赤壁败北的重要原因。自古以来，骄兵必败，官渡大战之前，曹操步步取胜的根本原因是战略上采取了分化瓦解、各个击破的原则，总使自己的军队保持高度的应变能力，用武力歼灭了一个又一个豪强，显示了曹军在战争中的活力和发展的内在潜力。但在赤壁大战中，"曹操暂自骄伐""勤之于数十年之内"的战略原则，"而弃之于俯仰之顷"，号称百万大军，由于战船连成一体，丧失了应变能力，以致无法抵御火攻而遭惨败。

第三，诸葛亮为促成孙、刘联盟，共抗曹操，曾在智激周瑜的时候，讲述过曹操虎视江南、实为二乔的事情。气得周瑜勃然大怒，指北而骂，与曹操誓不两立。过了四回，作者又借"曹操赋诗"场面，让曹操亲口说出"如得江南，当娶二乔，置之台上，以娱暮年"，前后吻合，叙事脉络自然接榫。

# 第四十九回

## 七星坛祭风

七星坛<sup>①</sup>上卧龙登，　夜东风江水腾。
不是孔明施妙计，周郎<sup>②</sup>安得逞才能？

### 注 释

①七星坛：诸葛亮借东风，请周瑜为他在靠近江边的南屏山上修一个平台，四周栽上花木。诸葛亮先在平台上点燃七盏灯，对天祷告。七盏灯忽然射出闪电，激起七声雷鸣，好像七颗明星，照得大江上下一片光明。后人称那平台为七星坛。
②周郎：周瑜曾为东吴建威中郎将，吴人皆称其为周郎。

### 赏 析

　　为火攻曹操，周瑜先后使用了"离间计""苦肉计""连环计"等。一切准备就绪，开战前夕，周瑜于山顶察看曹军战船，"忽狂风大作，江中波涛拍岸。一阵风过，刮起旗角于周瑜脸上拂过。瑜猛然想起一事，大叫一声，往后便倒，口吐鲜血"。周瑜病倒的原因很简单，曹军战舰在江北，如果不刮东南风，将前功尽弃。

　　其实，曹操当初用铁索连接战舰

时，程昱就曾提醒他须防火攻。结果曹操大笑："凡用火攻，必借风力。方今隆冬之际，但有西风北风，安有东风南风耶？吾居于西北之上，彼兵皆在南岸，彼若用火，是烧自己之兵也，吾何惧哉？"

诸葛亮前来探望周瑜，为他开出了"药方"："欲破曹公，宜用火攻；万事俱备，只欠东风。"周瑜大惊，向诸葛亮请教。按照诸葛亮的要求，周瑜命人在南屏山设七星坛。诸葛亮登坛作法，借来三天三夜东南风，助周瑜成功火烧曹军。

# 第五十回

## 关云长义释曹操

曹瞒兵败走华容<sup>①</sup>，正与关公狭路逢。
只为当初恩义重，放开金锁走蛟龙<sup>②</sup>。

**注释**

①曹瞒：即曹操，小名阿瞒。华容：县名，西汉置，在今湖北潜江西南四十公里。建安十三年（公元 208 年），曹操赤壁战败北归，取道于此。
②走：使动用法，使……逃走。蛟龙，比喻曹操。

**赏析**

　　赤壁之战，曹军大败。诸葛亮之后围剿战败北逃的曹操。他给赵云、张飞、糜竺等人都分派了任务，而关羽在侧，他却全然不睬。关羽追问原因，诸葛亮解释道："昔日曹操待足下甚厚，足下当有以报之。今日操兵败，必走华容道；若令足下去时，必然放他过去。因此不敢教去。"关羽认为自己已经报答过曹操了，"今日撞见，岂肯放过！"为表示自己的决心，他还立下了军令状。

　　曹操果然逃到华容道，和关羽相遇。曹操听从程昱的建议，先是对关羽诉说当下"兵败势危，到此无路"的困境，让"傲上而不忍下，欺强而不凌弱"的关羽动了恻隐之心。曹操又谈起昔日情义：

"五关斩将之时，还能记否？"针对关羽最重义气的性格特点，曹操引用《春秋》中的典故来说服他："将军深明《春秋》，岂不知庾公之斯追子濯孺子之事乎？"曹操这番话果然打动了关羽。他先是"动心"，再是"不忍"，继而"犹豫"，最后无奈地一声"长叹"，将曹操放了。

这首诗是对关羽义释曹操情节的概括，诗中所写之事将关羽义薄云天的性格特征表现得淋漓尽致——既然立下了军令状，放走曹操也就意味着自己回去请死。正如小说中感叹的那样："拼将一死酬知己，致令千秋仰义名。"

# 第五十三回

## 赞黄忠

将军气概与天参①，白发犹然困汉南②。

至死甘心无怨望，临降低首尚怀惭。

宝刀灿雪彰神勇，铁骑临风忆战酣。

千古高名应不泯③，长随孤月照湘潭④。

**注释**

①参：星宿名。与天参：和天上的参星一样高的意思。

②汉南：概指江汉平原的南部区域。这里特指长沙。

③不泯：泯，灭。不灭。

④湘潭：此处指湘江，流经湘潭。借指长沙。

**赏析**

黄忠英勇盖世，"将军气概与天参，白发犹然困汉南"，道出了对怀才不遇的老将军的深切同情。

关羽奉命来取长沙郡，黄忠挥刀迎战。两人"斗一百余合，不分胜负"。就连目空一切的关羽都赞叹："老将黄忠，名不虚传。""宝刀灿雪彰神勇，铁骑临风忆战酣"两句，刻画出黄忠勇武无畏的雄姿。

　　为了赢黄忠，关羽决定使用"拖刀计"。没想到黄忠马失前蹄，摔在地上。关羽没有乘人之危痛下杀手，而是将黄忠放了。次日交战，黄忠想起关羽不杀之恩，张弓虚射两次，第三次又故意射在关羽盔缨根上。太守韩玄因此断定黄忠通敌，喝令推出斩首。黄忠毫无怨恨，坦然赴死。魏延救下黄忠去杀韩玄时，黄忠还阻挡魏延。关羽率军入城后，请黄忠相见，黄忠托病不出；直到刘备亲自去请，黄忠才出降，并求葬韩玄尸首于长沙之东。"至死甘心无怨望，临降低首尚怀惭"两句写出了老将军的忠义。

　　黄忠后随刘备转战疆场，屡立功勋。他的忠义神勇万古流芳。

# 赞太史慈

矢志①全忠孝，东莱②太史慈。

姓名昭③远塞，弓马震雄师。

北海酬恩日，神亭酣战时。

临终言壮志，千古共嗟咨④！

## 注 释

①矢志：矢，发誓；志，志向。

②东莱：郡名。西汉置。今山东省莱州、莱阳、即墨、青岛等东部沿海地区。

③昭：显著。

④嗟咨：赞叹。这里是为押韵，一般写作咨嗟。

## 赏 析

　　太史慈是东吴名将，在孙权与张辽争战合肥时的一次战斗中不幸身中数箭而亡，年四十一岁。

　　太史慈先事扬州刺史刘繇，后降孙策，成为东吴著名的将领。

他一出现，便是大孝至义的形象。孔融为北海相时曾被黄巾军围困，一日太史慈挺枪跃马从城外杀来，奉母命报效孔融。他说："某昨自辽东回家省亲，知贼寇城。老母说：'屡受府君深恩，汝当往救。某故单马而来。'"可见其孝。当下受孔融之托去搬救兵。太史慈投平原请刘备解北海之围，慷慨地说："某太史慈，东海之鄙人也。与孔融亲非骨肉，比非乡党，特以气谊相投，有分忧共患之意。今管亥暴乱，北海被围，孤穷无告，危在旦夕。闻君仁义素著，能救人危急，故特令某冒锋突围，前来求救。"待北海解围后，太史慈告辞，孔融以金帛相酬，他也不肯接受。作者在其第一次出场，就采用一个个细节，反复皴染其至忠至孝的形象。太史慈归降孙策后，愿招降刘繇旧部以助孙策，并约定第二天中午来还。孙策部下都说："太史慈此去必不来矣。"孙策说："子义乃信义之士，必不背我。"果然第一天"恰将日中，太史慈引一千余众到寨"。因此，诗篇一开头便赞颂他"矢志全忠孝，东莱太史慈"。

太史慈"弓马震雄师"，小说描绘了他两次孤身大战的细节：一个是"北海酬恩日"，太史慈奉孔融之命去搬救兵，当他杀出城时，贼兵"数百骑赶来，八面围定"。太史慈"倚住枪，拈弓搭箭，八面射之，无不应弦落马"，无人敢追。另一表现在"神亭酣战时"，孙策征伐刘繇，太史慈愿为先锋请求出阵。刘繇嫌其年轻而不用，太史慈不待将令，"竟自披挂上马，绰枪出营，大叫曰：'有胆气者，都跟我来！'"飞马下山，与孙策在神亭猝然相遇。太史慈毫不畏惧，纵马上前，与孙策大战五十合，不分胜负。两人一直打到平川之地，又战五十合，双方各挟住对方的枪，"两个用力只一拖，都滚下马来"。短兵相接，一场酣战。两人正打得难解难分时，双方救兵来到，才罢战而回。太史慈酣斗人称"小霸王"的孙策，于是威名大震。

只可惜如此忠勇的战将，英年阵亡，临死大呼："大丈夫生于乱世，当带三尺剑立不世之功；今所志未遂，奈何死乎！"

# 第五十四回

## 恨　石

宝剑落时山石断，金环响处火光生。

两朝①旺气皆天数，从此乾坤鼎足成。

### 注释

①两朝：即刘备的蜀汉和孙权的东吴政权。

### 赏析

　　赤壁兵败后曹操逃回北方，命令曹仁镇守荆州。周瑜带兵前去攻打，将曹仁引诱出城厮杀时，刘备趁机占领了荆州。东吴几次派人前去交涉，都被刘备方面搪塞过去。

　　此时两家都不希望兵戎相见，以免曹操坐收渔利。孙权以嫁妹为名，把刘备骗到东吴，打算以他作为人质，来换取荆州。谁料孙权之母吴国太得知了这个消息，真心要招刘备为婿，相亲一事竟弄假成真。

　　刘备发觉身处险境，既忧虑又愤恨，他看见庭下有一石块，就拔剑仰天暗祝："若刘备能勾回荆州，成王霸之业，一剑挥石为两段。如死于此地，剑剁石不开。"手起剑落，火光迸溅，将石块砍为两段。孙权见状，也暗暗祝告曰："若再取得荆州，兴旺东吴，砍石为两半！"手起剑落，巨石亦开。

　　荆州地理位置险要，且"沃野千里，士民殷富"，在当时具有十分重要的战略地位。孙、刘两家都看到了荆州的重要性，两家既互不相让又不得不互相妥协，最终促成三国鼎立局面的形成。

# 甘露寺揽胜

江山雨霁拥青螺①，境界②无忧乐最多。
昔日英雄凝目③处，岩崖依旧抵风波④。

## 注释

①雨霁：雨停后，云雾散，天放晴。青螺：古代诗人常将青山比作美女头上螺形发髻。
②境界：佛家语。指眼、耳、鼻、舌等六根展开活动的对象。后来泛指思想、艺术、审美所达到的境地。
③凝目：注视。
④抵：到达。这句诗的词序倒置，应为"风波依旧抵岩崖"。

## 赏析

　　这首诗写的是北固山，此山位于甘露寺，风光旖旎，形势险要，为历代军事重地。

　　本诗前两句写景。一场风雨过后，天朗气清，视野开阔。树木苍翠的北固山如碧绿的田螺，巍然屹立在长江岸边。江面一望无边，大风浩荡，洪波滚雪，白浪滔天。赏心悦目的风景，让人乐以忘忧。后两句诗是怀古。三国时期，孙权、周瑜使用"美人计"，欲将刘备骗至东吴为质，来换取荆州。孰料相亲之事弄假成真。孙权将刘备送出甘露寺，二人并立，观看江山之景。气势恢宏的大江高山，让刘备赞叹不已："此乃天下第一江山也！"

　　岁月流逝，并立在甘露寺前观看江山风景的两位英雄，已经难觅踪影；只有那不断拍击着崖壁的波涛，亘古未变。

　　《三国演义》开篇词云："滚滚长江东逝水，浪花淘尽英雄。是非成败转头空，青山依旧在，几度夕阳红。"和此诗抒发的都是一种历史沧桑之感。

# 第五十五回

## 刘郎浦口号

吴蜀成婚此水浔①，明珠步障屋黄金②。

谁知一女轻天下，欲易刘郎鼎峙③心。

**赏析**

　　周瑜与孙权使用"美人计"，用孙尚香诱骗刘备至东吴。孙尚香"极其刚勇，侍婢数百，居常带刀，房中军器摆列遍满，虽男子不及""美而贤，堪奉箕帚"。可以看出，孙尚香既美丽温柔，又英姿飒爽。

　　婚事弄假成真后，孙权只得另想办法。周瑜建议为刘备"筑宫室，以丧其心志；多送美色玩好，以娱其耳目"。张昭也说："刘备起身微末，奔走天下，未尝受享富贵。今若以华堂大厦，子女金帛，

令彼享用，自然疏远孔明、关、张等，使彼各生怨望，然后荆州可图也。"孙权依计而行。

刘备果然乐而忘返。赵云见势不妙，于是拿出诸葛亮事先给他的锦囊妙计，让刘备说服孙尚香一同离开东吴。刘备走到江边时，"蓦然想起在吴繁华之事，不觉凄然泪下"。

"吴蜀成婚此水浔，明珠步障屋黄金"，豪华富丽的生活迷住了刘备。他戎马半生，年近半百，一时迷恋温柔富贵乡合乎人情。但他毕竟是一代英杰，他的雄心壮志会被暂时模糊，但绝不会为安逸享乐而彻底改变。因此，诗歌流露出对孙权的嘲笑："谁知一女轻天下，欲易刘郎鼎峙心。"

# 第五十六回

## 一生真伪有谁知

周公恐惧流言日[①]，王莽谦恭下士时[②]。

假使当年身便死，一生真伪有谁知！

### 注释

①周公恐惧流言日：周公姓姬名旦。他是周武王的弟弟，周成王的叔叔。武王死，成王年幼，周公摄政，而周公的三个弟弟管、蔡、霍都嫉妒他，乃造谎言，诽谤他想取成王而代之。周公无奈，避居于东。后成王悔悟，乃迎之归。三叔惧而叛，成王命周公东征，奠定东南，周乃大治。

②王莽谦恭下士时：王莽是西汉末年孝元皇后的侄儿，任大司马，掌管朝政。汉哀帝死，王莽迎立汉平帝，将自己的女儿做皇后。不久杀平帝，立孺子婴，自称"假皇帝"。接着又篡位自立为皇帝，国号"新"。王莽开始掌权时，伪装谦恭，笼络人心，深得人望。

### 赏析

曹操大宴铜雀台，文士所献诗章称颂其功德，该当受命于天。曹操说了一段话，大意是：自己领兵征伐数年，终于统一北方。如今位极人臣，已无所求。他谈到自己对国家稳定的作用："如

139

国家无孤一人，正不知几人称帝，几人称王。"谈到别人对自己的误解："或见孤权重，妄相度，疑孤有异心，此大谬也。"他还解释了自己没有功成身退的原因：一是怕为人所害，二是怕国家倾危。他感慨道："诸公必无知孤意者。"

曹操的这段自白，可以联想起两个人：一是周公。周武王去世后，成王年幼，周公代理朝政，却被人诽谤，说他想篡位，于是避居东野。后来成王悔悟，才将周公迎回。周公内外兼治，天下太平后还政于成王。二是王莽。西汉末年，官僚奢侈腐化，唯独王莽生活简朴，严以律己，谦恭下士，声名远播。后来他竟然代汉建新，登上帝位。

这首诗告诉人们：如果周公遭受毁谤，王莽假装谦恭，曹操在铜雀台表态的时候突然死去，那么谁能知道他们是忠是奸？谁能知道他们所说的话是真是假？在漫长的岁月里，所有的伪装都会化为尘土，所有的真相都会浮出水面。

# 第五十七回

## 周瑜之死

赤壁遗雄烈，青年有俊声①。
弦歌知雅意②，杯酒谢良朋。
曾谒三千斛③，常驱十万兵。
巴丘④终命处，凭吊欲伤情。

### 注 释

①青年有俊声：周瑜是三国时代一位文武兼备、风流儒雅的青年将军，人皆呼为周郎。
②弦歌知雅意：周瑜很精通音乐，酒醉之后也能辨出曲子弹奏是否准确。江东流传歌谣："曲有误，周郎顾。"
③曾谒三千斛：周瑜任居巢长时曾向鲁肃求助，得其赠予一囷米，有三千斛。谒，拜访。
④巴丘：山名。在今湖南岳阳南。

### 赏 析

　　周瑜借道取川，遭到蜀军拦截。四路兵马一齐杀出，声称要活捉周瑜，气得他怒气填胸，坠于马下，箭疮复发。他带病率大军西上，行进到巴丘，死在那里，年仅36岁。这首五言诗对他短暂的一生进行了简要的概括。
　　周瑜是一位三国时文武兼备、风流儒雅的青年统帅。他从投身天下豪强的竞争开始，就受到开创东吴基业的君主孙策的重用，继而又被吴主孙权拜为都督，统领军事。他三十多岁已是举世著称、叱咤风云的英雄人物。

这首诗是后人之作，因而咏周瑜并不是循着《三国演义》所塑造的形象为基本意象有感而发，而常常是综合史书或其他媒介所了解的史实去颂扬周瑜的。因此，便会与《三国演义》上的周瑜形象有一定的距离。从"弦歌知雅意，杯酒谢良朋"可知，历史上的周瑜，不但没有像小说中描写忌妒诸葛亮所表现出的那么心胸狭窄，目光短浅，意气用事；而与此相反，"性度恢廓"，心胸开朗，"谦让服人"，情趣高雅。他从小就爱音乐，据说即使喝醉了酒，也能听出乐曲的"阙误"。时人传说："曲有误，周郎顾。"即使作者也不得不书写他举荐鲁肃，敬重程普。但小说从整个人物结构系统出发，为突出诸葛亮的识大体，顾大局，雍容大度，因而才把周瑜刻画得心胸狭隘，不能容人，直到被活活气死。临死周瑜还耿耿于怀地仰天长叹："既生瑜，何生亮！"

周瑜英年早逝，当时孙权极为悲哀，他说："公瑾有王佐之才，今忽短命而死，孤何赖哉？"二十年后，孙权称帝还念念不忘地说："孤非周公瑾，不帝矣！"周瑜不愧为一代天骄，为后人敬仰。

## 马腾之死

父子齐芳烈①，忠贞著②一门。
捐生③图国难，誓死答君恩。
嚼血盟言在，诛奸义状存。
西凉推世胄，不愧伏波④孙！

## 注释

①芳烈：芳，美好、美名；烈，事业。
②著：显露。
③捐生：舍弃生命。
④伏波：即马援，东汉初名将。

## 赏析

当年董承以衣带诏，西凉太守马腾读毕，"毛发倒竖，咬齿嚼唇，满口流血"。他在义状上慨然签名并立誓："吾等誓死不负所约！"后衣带诏事件暴露，曹操对马腾恨之入骨，但忌惮马腾手下兵精将勇，不敢轻易动手。

周瑜死后，曹操准备南征，又恐马腾趁机来袭许都，于是采纳荀攸的建议："降诏加马腾为征南将军，使讨孙权，诱入京师，先除此人，则南征无患矣。"

马腾接到诏书后，决定前往，欲趁机践行衣带诏所约，为国除害。曹操派黄奎前去劳军。黄奎痛恨曹操，与马腾相约次日城外点兵时杀掉曹操。没想到被人告密，曹操事先做了充分准备，将马腾并两子杀害，正如诗中所言："父子齐芳烈，忠贞著一门。捐生图国难，誓死答君恩。"

马腾是马援的后裔。马援是东汉开国功臣，战功赫赫。天下统一之后，马援虽已年迈，但仍请缨东征西讨，平定四方，被封为伏波将军。而马腾身上依然流淌着正义、刚烈与忠贞的家族血液，虽未能成事，仍不愧为一代英烈。

# 苗泽之死

苗泽因私害茂臣①，春香②未得反伤身。
奸雄亦不相容恕，枉③自图谋作小人。

143

## 注 释

①苗泽：门下侍郎黄奎的妻弟。荩臣：忠诚之臣。

②春香：黄奎之妾。

③枉：徒然。

## 赏 析

苗泽作为推动情节发展因素的过场人物，笔墨甚少。在这里作者还为他设了一首议论诗，以警世人。

苗泽是个小人，很阴毒。他与姐夫黄奎之妾春香私通，还思谋以害黄奎于死地，而后与其妾春香成婚。

他偶然通过春香得知黄奎与马腾谋杀曹操一事。但他想借政治手段谋害黄奎确日有所想，夜有所思，只恨无计可施。春香无意间流露出："黄侍郎今日商议军情回，意甚愤恨，不知为谁？"苗泽听后马上出主意，并教春香如何套话。他说："汝可以言挑之曰：'人皆说刘皇叔仁德，曹操奸雄，何也？'看他说甚言语。"这里很明白地表现出他想借收集黄奎不利曹操的言语，妄图从中以求一逞。

苗泽为了得到一个女人，不惜以其姐夫全家老小的性命为代价。苗泽谋杀的不只是阻碍他私通的黄奎一人，连他的姐姐和外甥以及黄家老小都推向了火坑，毫无人性。

苗泽还很无耻。当其姐夫全家的鲜血还在流淌的时候，他竟厚颜无耻地向曹操请求："不愿加赏，只求李春香为妻。"曹操笑了笑，说："你为了一妇人，害了你姐夫一家，留此不义之人何用！"

# 第五十八回

## 马超战潼关

潼关①战败望风逃，孟德仓惶脱锦袍。
剑割髭髯②应丧胆，马超声价③盖天高。

### 注 释

①潼关：关隘名。地属司隶州弘农郡华阴市，故址在今陕西潼关县北。为陕西、河南、
　山西三省要冲，是兵家必争之地。
②髭：嘴上边的胡子；髯：两颊长的胡子。
③声价：指声望和社会地位。

### 赏 析

　　杀了马腾后，曹操起兵三十万下江
南。孙权向刘备求救。刘备左右为难。诸
葛亮出奇招激活全盘：修书给马腾之子马
超，相约共击曹操，"使超兴兵入关，则
操又何暇下江南乎？"得知父亲被害的消
息，马超咬牙切齿，痛恨曹操。他接到刘
备的书信后，即起二十万大军，与曹操大
战于潼关。

　　这是马超的第一次亮相："生得面如傅粉，唇若抹朱，腰细膀宽，声雄力猛，白袍银铠，手执长枪，立马阵前。"马超不仅外貌出众，而且武艺超群，一连打败曹操手下数员名将。西凉兵一起冲杀，曹兵大败。西凉兵大叫："穿红袍的是曹操！"曹操就马上脱下红袍。又听得大叫："胡子长的是曹操！"曹操惊慌，用佩刀割断了自己的胡子。又听得大叫："胡子短的是曹操！"曹操无奈，只好扯旗角包住脖颈而逃。

　　在混战中，曹操又是脱红袍，又是断长髯，又是扯旗角包脖颈，虽然洋相尽出，脸面扫地，但毕竟逃出了险境。从中也可以看出他善于权变的性格特征。"剑割髭髯"不假，但是"应丧胆"就不够准确了，试想，丧胆之人能如此沉着应变吗？作者这样写，只是为了反衬"马超声价盖天高"而已。

# 第六十回

## 赞张松

古怪形容异，清高体貌疏<sup>①</sup>。
语倾三峡水<sup>②</sup>，目视十行书<sup>③</sup>。
胆量魁<sup>④</sup>西蜀，文章贯太虚<sup>⑤</sup>。
百家并诸子<sup>⑥</sup>，一览更无余。

### 注释

①疏：粗。张松"去生得额镬头尖，鼻偃齿露，身短不满五尺"，形体容貌粗陋，不俊气。
②语倾：说话如倒出来。三峡水：比喻话语滔滔不绝。
③十行书：一目十行，形容看书的速度很快。
④魁：第一名。
⑤太虚：天空。
⑥百家：指学术上的各种流派。诸子：指先秦至汉初的各派学者或著作。

### 赏析

　　盘踞汉中的张鲁向西川刘璋发动进攻。刘璋手下的张松主动要求前往许都，劝说曹操兴兵讨伐张鲁，并暗画了西川的地图。

　　孰料志骄意满的曹操"见张松人物猥琐，五分不喜；又闻语言冲撞，遂拂袖而起"。才华出众的杨修接连向张松发问，张松皆对答如流；面对张松的反问，杨修却"满面羞惭，强颜而答"。后来杨修拿出曹操所著《孟德新书》给张松看，只看了一遍，张松便能背诵全书，且无一字差错。曹操点虎卫雄兵五万，让张松见见"军容之盛"，张松却斜眼视之。曹操威吓道："大军到处，战无不胜，攻无不取，顺吾者生，逆吾者死。"张松讥讽道："赤壁遇周郎，华容逢关羽；割须弃袍于潼关，夺船避箭于渭水：此皆无敌于天下也！"曹操恼羞成怒，将张松乱棍打出。

这首诗赞颂了张松的博闻强识、胆量过人、不畏强权、秉性清高。因为曹操的傲慢跋扈，张松转而把那张价值连城的西川地图献给刘备，为刘备集团占领西川提供了宝贵的战略资料，加快了三国鼎立的步伐。

# 王累之死

倒挂城门捧谏章①，拼将一死报刘璋。
黄权折齿终降备，矢节②何如王累刚！

## 注释

①谏章：封建时代臣子针对君主的过错进行规劝而写的奏章。
②矢节：正直的气节。矢，正直。

## 赏析

刘璋的从事王累以"死谏"的形式——倒悬于城门上，坚决反对刘璋迎刘备于涪城。当他的谏章没被采纳，便自坠于地，以死尽效愚忠。

刘璋采纳张松之言，准备迎接刘备入川。这重大的政治决策，在西川政界立刻引起了震动。支持的、反对的、观望的、骑墙的，不一而足。在反对派中主簿黄权和从事王累劝谏之剀切，忠言笃实最为突出。黄权两谏之后，惹怒刘璋，"权叩首流血，近前口衔璋衣而谏。璋大怒，扯衣而起。权不放，顿落门牙两个。璋喝左右，推出黄权。权大哭而归"。王累看到黄权叩首流血，顿落门牙，尚且不中用。他便抱定"死谏"的决心。"自用绳索倒吊于城门之上，一手执谏章，一手仗剑，口称如谏不从，自割断其绳索，撞死于此地。"结果刘璋仍然拒谏，"王累大叫一声，自割断其索，撞死于地"。

王累、黄权的进谏，与刘璋在维护西川的根本利益的出发点上是一致的。所不同的是，在如何维护西川根本利益的思维方式和施政手段上，甚至在外交和用人等问题上，确有这样或那样的分歧，甚至矛盾频出。在这种情况下，臣子对君主进谏三番五次，仍不奏效，有的便以"死谏"的方式做最后的努力，以死效忠。任何一个官僚政治集团都需要而且离不开这样的人，因为他们最大的特点是泯灭了个体，成了政治工具。小说家从封建正统观念出发，十分欣赏王累的死谏和忠心。

# 第六十一回

## 截江夺阿斗

昔年救主在当阳①，今日飞身向大江②。

船上吴兵皆胆裂，子龙英勇世无双！

### 注 释

①当阳：县名，属荆州南郡。故城址在今湖北当阳东。
②大江：长江。

### 赏 析

　　这是赞颂赵云截江夺阿斗的一首诗。当时，孙权趁刘备入益州之际，采用张昭的计策，假称吴国太病危，派心腹周善到荆州接孙夫人和阿斗（刘备的独子）。二人登船归吴之时，赵云闻讯，驾船赶来，力劝孙夫人留下阿斗，但夫人不从，赵云只得奋力夺回阿斗。后来，赵云在张飞的协助下将阿斗送回荆州。自此，孙权企图以阿斗做人质的阴谋化为泡影。

　　诗歌前两句，"昔年"与"今日"形成对比，把赵云单骑救主和如今截江救主放在一起，相得益彰，强调赵云两度于危难之时救回后主，突出了赵云的忠勇和功绩。尤其是"飞身"二字，传神至极，形象地表现出赵云的奋不顾身、武艺高强。而"船上吴兵皆胆裂"，则以夸张手法侧面烘托出赵云"英勇世无双"的英雄形象。

# 江上扶危主

长坂桥边怒气腾，一声虎啸①退曹兵。

今朝江上扶危主，青史②应传万载名。

## 注释

①虎啸：老虎的叫声。这里形容张飞的喊声威武凶猛的样子。

②青史：古代在竹简上记事，因称史书为青史。

## 赏析

　　这是赞颂张飞助赵云夺回阿斗的一首诗。赵云夺回阿斗，却无法移船靠岸，恰巧张飞率船赶来。张飞斩杀孙权亲信周善，抱起阿斗，与赵云一起回船，仅放孙夫人回到江东。

　　这首诗以张飞在长坂桥助赵云救主，勇退曹军之事开篇，以这次在大江上助赵云夺回阿斗，当青史留名结尾，赞颂了张飞的忠肝义胆、英勇无敌。"长坂桥边怒气腾"，着一"腾"字，将不尽的怒气化无形为有形，形象生动，具体可感。而"一声虎啸退曹兵"则极尽夸张之能事，将张飞"一夫当关，万夫莫开"的英雄气概表现得淋漓尽致。寥寥数语，让我们看到了一个虎目圆睁、威风凛凛的猛将形象。

# 荀彧之死

文若①才华天下闻，可怜失足在权门。

后人休把留侯②比，临没无颜见汉君③。

## 注 释

①文若：苟彧，字文若。
②留侯：张良。西汉高祖刘邦的大臣，被封留侯。
③临没：到最后。无颜：没有脸面。汉君：曹操为汉相，故称汉君。

## 赏 析

　　荀彧，字文若，颍川颍阴（今河南许昌）人，是曹操政治集团一流的智囊人物。曹操称之曰："此吾之子房也！"曹操这一比喻，确实不是溢美之词。《三国演义》情节中几处描写荀彧为曹操出谋划策，都是在关键的时刻。他为曹魏事业的发展立下了不可磨灭的功勋，曹操评价他："天下之定，彧之功也。"

　　曹操在许都，威福日甚。长史董昭进奏，请尊曹操进魏公之位，加"九锡"。侍中荀彧认为："丞相本兴义兵，匡扶汉室，当秉忠贞之志，守谦退之节。君子爱人以德，不宜如此。"曹操闻言，勃然变色。当尊曹操魏公，加"九锡"上表汉献帝以后，荀彧叹曰："吾不想今日见此事！"操闻"深恨之，以为不助己也"。建安十七年（212）冬，曹操兴兵下江南，荀彧托病留在寿春，曹操派人送给他一盒点心。"盒上有操亲笔封记。开盒视之，并无一物，彧会其意，遂服毒而亡。年五十岁。"

　　荀彧的正统观念和思想意趣与曹操的差别，以及他对曹操为人的深透了解，使他选择了宁愿玉碎、不愿瓦全的处世方法，荀彧的死并没有改变曹操进爵魏公、进逼汉室的野心。

# 第六十二回

## 张松之死

一览无遗世所稀①，谁知书信泄天机②。
未观玄德兴王业，先向成都血染衣③。

**注 释**

①稀：少。
②天机：天之机密的意思。
③血染衣：这里比喻被砍头。

**赏 析**

　　"谁知书信泄天机"，张松迎刘备入成都的密信失落在地上，被其兄广汉太守张肃得到。张肃怕祸连自己，连夜见刘璋，"具言弟张松与刘备同谋，欲献西川"。刘璋大怒，将张松全家尽斩于市。故有"未观玄德兴王业，先向成都血染衣"之句。

　　张松在第五十九回才出现，到第六十二回时已被开刀问斩，其言其行不过千来字，是一个过场人物。作者对张松性格刻画得十分传神，他的身上折射出了历史潮流的趋向，代表了人才"择明主而事"的流向，对三国鼎立局面的形成有推波助澜之功，虽一发而有千钧之力。

# 第六十三回

## 庞统之死

古岘①相连紫翠堆，士元有宅傍山隈②。

儿童惯识呼鸠曲，闾巷曾闻展骥才③。

预计三分平刻削④，长驱万里独徘徊。

谁知天狗流星坠⑤，不使将军衣锦回。

**注 释**

①岘：指岘山，在襄阳城南七里。庞统系襄阳人，故以"古岘"借代。
②山隈：山弯曲的地方。
③骥才：良马，比喻杰出人才。鲁肃曾写信向刘备推荐庞统，称"庞士元非百里才也，使处治中、别驾之任，始当展其骥足耳"。
④刻削：削夺。
⑤天狗流星坠：即陨星。古代星象家认为天狗坠是破军杀将的征兆。

**赏 析**

　　庞统在落凤坡中箭身亡，年仅36岁。这首七言律诗是庞统短暂一生的概括。襄阳岘山背靠巍巍大荆山，层峦叠翠、景色雄美，庞统的故居依山而建。庞统投在刘备麾下做军师期

间，想要建功立业，屡次献计，颇
受重视。在随刘备入蜀夺取西川的
过程中，他立功心切，执意进军，
最后在"落凤坡"中伏，抱憾而终，
没能衣锦还乡。

　　"预计三分平刻削，长驱万里独
徘徊。谁知天狗流星坠，不使将军衣
锦回。""预计"与"谁知"遥遥相对，彼此呼应，蕴含着对庞统
壮志未酬的遗憾和人生无常的感慨；"长驱万里"与"独徘徊"形
成对比，庞统一直急欲进兵，唯独在落凤坡徘徊了片刻，在这种对
比中，"独"字情感鲜明，流露出对庞统英年早逝的叹惋之情。

# 严颜降蜀

> 白发居西蜀，清名震大邦①。
> 忠心如皎月，浩气卷长江。
> 宁可断头死，安能屈膝降？
> 巴州②年老将，天下更无双。

## 注 释

①邦：国家。大邦是相对西蜀而言，指整个国家。
②巴州：即巴郡。治所在江州，今四川重庆。

## 赏 析

　　这是赞颂巴郡老将严颜忠正磊落、坚守气节的一首诗，刻画了
他年老不气衰、困厄不失风骨的高大形象。

　　当时，刘璋麾下老将严颜为巴郡太守。他守城有方，致使张飞

兵临城下却不得入内。张飞屡次用计，严颜均不理会。后来，张飞使一计策，故意泄密给敌方探子，严颜中计被俘，但他面无惧色，宁死不屈，呵斥张飞："但有断头将军，无降将军！"

"忠心如皎月，浩气卷长江。"诗人以"皎月"取譬，赞颂严颜心底无私、忠心无瑕，以江水翻卷凸显其正气凛凛。"宁可断头死，安能屈膝降？"的反问更添铿锵之声。宁肯断头而死，绝不屈膝投降，其忠肝义胆、勇毅豪迈的老将形象也被刻画得栩栩如生。

# 赞张飞

生获①严颜勇绝伦，惟凭义气服军民。
至今庙貌②留巴蜀，社酒③鸡豚日日春。

## 注释

①生获：活捉。
②庙貌：庙宇和神像。
③社酒：社祭之酒。社，祭土地之神。

## 赏析

张飞攻下巴郡城，令自己的军队"休杀百姓，出榜安民"。又义释严颜，深得民心。

这首诗是后人所作的咏史诗。从张飞智取巴郡，义释严颜的史实有感而发。张飞和诸葛亮分兵两路取川，约好会于雒城，同入成都。还提出竞争，看谁夺了头功。结果张飞先于诸葛亮到达，刘备不解，问："山路险阻，如何无军阻挡，长驱大进，先到于此？"

张飞讲了于路关隘,尽是严颜所管,都唤出投降,因此于路并不曾费分毫之力。

张飞典型性格的核心表现是勇猛、粗豪、憨直,也有狡黠的一面,有时略施小计,往往出奇制胜。智取巴郡、义释严颜便是很好的一例。以至连诸葛亮也向刘备祝贺:"张将军能用谋,皆主公之洪福也。"在瓦口隘张飞饮酒诱敌败张郃时,诸葛亮又赞许地说:"翼德自来刚强,然前于收川之时,义释严颜,此非勇夫所为也。"可见,诗的一开头说张飞"生获严颜勇绝伦",概括得不够准确,收服严颜老将,张飞靠的不是勇而是智。

"惟凭义气服军民",从《三国演义》中许多情节的描写来看,虐待残害百姓,为不义;爱民惜物,乃是义。张飞攻下巴郡,教士兵"休杀百姓,出榜安民",特别是收降了严颜,团结了巴蜀的人望,一路上二人肝胆相照,共图大业,深得民心,是"义"的举措。

# 第六十四回

## 张任之死

烈士①岂甘从二主，张君忠勇死犹生②。
高明③正似天边月，夜夜流光照雒城④。

**赏 析**

　　这是歌颂张任的一首诗。张任极具胆略，堪称一代将才，他在金雁桥战败被俘，后拒降被杀。大将严颜因"但有断头将军，无降将军！"之语而名垂青史，而真正践行这句话的正是蜀中大将张任。他从被捕到被劝降直至被斩杀，一直怒叫高骂，真乃铁骨铮铮的英雄！

　　本诗先以忠烈之士不甘心侍奉二主之语来表现张任的忠贞，接着又直抒胸臆，赞颂张任忠勇不屈，虽死犹生。最妙的是三、四两句，用高悬天边的明月来比喻张任精神的崇高和光明，并用"夜夜流光照雒城"来表现其对后世产生的深远影响和积极作用。

# 第六十六回

## 单刀赴会

藐视吴臣若小儿，单刀赴会敢平欺[1]。
当年一段英雄气，尤胜相如在渑池[2]。

**注释**

①平欺：平，平常，引申为随便；欺，欺凌。
②尤：即犹。相如在渑池：蔺相如是战国时赵国大臣。赵惠文王得楚和氏璧。秦昭王许诺以十五城交换玉璧，蔺相如携璧入秦。秦王无意偿城，相如据理力争，机智周旋，终于完璧归赵。后秦、赵二王会于渑池，秦王有意侮辱赵王，终因相如的大智大勇使秦王受挫，而赵王未受屈辱。这便是有名的渑池相会。

**赏析**

这是赞颂关羽的一首诗。刘备吞并西川后，孙权采纳了鲁肃的计策，邀请关羽赴宴，准备借机以武力逼关羽就范。宴会前，吕蒙、甘宁领兵埋伏在岸边，随时待命。而关羽自信从容，单刀赴会。宴会上，关羽急中生智，假装醉酒，一手提着青龙偃月刀，一手趁机挽住鲁肃的手，扯着鲁肃来到江边。甘宁等人怕鲁肃被伤，不敢妄

动，只能眼睁睁看着关羽乘船离去。

这首诗以关羽藐视东吴群臣开篇，通过他单刀赴会的举动，突显了他自信满满、谈笑风生、豪气干云的英雄形象。又借"渑池之会"的典故，衬托关羽的神勇豪迈，"尤胜"二字，使得赞颂之情溢于言表。

# 骂名千载笑龙头

华歆当日逞凶谋，破壁①生将母后收。
助虐②一朝添虎翼，骂名千载笑"龙头"③！

## 注 释

①破壁：穿墙而入。
②助虐：虐，暴行。帮助行凶作恶。
③龙头：华歆与邴原、管宁一块求学，相互友好。当时人们称其三人为"一龙"，华歆为龙头，邴原为龙腹，管宁为龙尾。

## 赏 析

小说描写随着欲尊曹操为魏王的事件紧锣密鼓地进行，曹操日益跋扈，欺君罔上。汉献帝的皇权名存实亡，篡废之事只待时日。一次"曹操带剑入宫"，"伏后见操来，慌忙起身。帝见曹操，战栗不已"。在这种君臣关系严重扭曲的背景下，汉献帝与伏皇后虽有杀曹之心，但有心无力。汉献帝对伏皇后说："昔董承为事不密，反遭大祸；今恐又泄漏，朕与汝皆休矣！"伏皇后回答："旦夕如坐针毡，似此为人，不如早亡！"于是密诏伏后之父伏完，寄以图曹大事。并将密诏藏在送信人穆顺的头髻之内。完全受曹操监控的皇室，这一微小的举动"早已有人报知曹操"。当下书信被搜出，伏完和穆顺等宗族都被下狱。

身为尚书令的华歆，进宫收捕伏皇后的凶恶之举，为人不齿，遭人唾骂。正如小诗写道："华歆当日逞凶谋，破壁生将母后收。"华歆与郗虑同为臣子，同受命进宫，但二人的举止却大不相同。郗虑不失臣子之仪，当他进宫，献帝问："有何事？"郗虑回答："奉魏公命收皇后玺。"这话回答得极有分寸，受命在身，不得不为之，但毫无仗势欺凌之意。"虑至后宫，伏后方起。虑便唤管玺绶人索取玉玺而出。"这动作也极有分寸，只在履行公务的范围内行事，不越半点规矩。当伏后被人拥出外殿，汉献帝"捶胸大恸。见郗虑在侧，帝曰：'郗公！天下宁有是事乎！'哭倒在地。郗虑令左右扶帝入宫"。在这种特殊的政治场合下，郗虑只能无语沉默，但看到皇上的悲痛，他不是一走了之，而尽为臣之道，"令左右扶帝入宫"。与郗虑相比，华歆仗势欺凌，凶狠残忍，则更多表现出其品质的恶劣。伏皇后知事发，便躲在夹壁墙中。华歆"教甲兵打开朱户，寻觅不见"，作为臣下，只能讲清魏公之命，请皇后自出。而华歆却令人破壁搜寻，视后宫如世间，肆意而为。更不能令人容忍的是："歆亲自动手揪后头髻拖出"，倚仗曹操的淫威，视国母如贱人，肆意逞凶，大打出手。这不仅有违封建社会纲常伦理，就是稍有教养的人也不会这样做。因此，小说家十分愤慨地直刺他："助虐一朝添虎翼，骂名千载笑'龙头'！"原来颇有才名，被人喻为"龙头"的华歆，如此仗势欺人，令人作呕。

# 赞管宁

辽东传有管宁楼①，人去楼空名独留②。
笑杀子鱼③贪富贵，岂如白帽④自风流。

**注释**

① "辽东"句：东汉末年，天下大乱。管宁同友人避难来到辽东，并筑庐居住在山谷中。
② "人去"句：魏文帝继位后，征召管宁，于是管宁就领着家属浮海回到故郡。
③子鱼：华歆，字子鱼。
④白帽：管宁避居辽东，常戴白帽，坐卧一楼，足不履地，终生不仕。

## 赏析

　　"辽东传有管宁楼，人去楼空名独留。"据史载东汉中平年间，黄巾军兴起，华夏遭倾覆动荡，王室纲纪废弛倾颓，管宁为躲避当时的战乱祸难，乘船渡海，在辽东羁留旅居了三十多年。传说他在辽东，常戴白帽，坐卧一楼，足不履地。之所以"足不履地"，因他"以地为魏地也"。这样做表示自己不屑于与曹魏同流合污，特借此以自明其高尚之志耳。后来尽管管宁离开了辽东，但其清名，由此传世，为东汉喜欢清议的士大夫们所推崇。

　　"笑杀子鱼贪富贵，岂如白帽自风流。"华歆贪图富贵，巴结权贵，做出助曹操杀伏后丧尽天良的事情。管宁却终生不仕魏。曹操为司空时就开始征召管宁为官，他避辽东未归。当他回到故乡，从魏文帝黄初到魏明帝青龙年间，长达二十多年，朝廷起用管宁的征宣诏命一道接一道地下达，管宁都一再推却。而他越是不仕，越是受到当时朝廷公卿们的举荐，连担任太尉的华歆也要主动逊位，让给管宁，以至明帝下诏说管宁，"心怀道德，胸藏六艺。他的清正涵养，足以与古贤相比；他的廉洁清白，也可以著称于当今之世"。直到正始二年（公元241年），管宁已八十四岁了，诸朝臣还举荐管宁，称其"朴素的品质寓含着美丽的花纹，有着寒冰一样的贞节，潭渊一样清洌的性情。他金石一般响亮的名声，美玉一般湿润的色泽，时间过去得越长久，就越是明显昭彰"。于是朝廷特地置办了安车蒲轮、备好礼帛和玉璧去礼聘管宁，正好赶上管宁病故。管宁越是不仕，清名越高，以至到死都受人尊重，正是"岂如白帽自风流"！

# 第六十七回

## 杨松之死

妨贤①卖主逞奇功，积得②金银总是空。
家未荣华身受戮，令人千载笑杨松！

**注 释**

①妨贤：有害于贤臣。
②积得：积蓄得到。

**赏析**

　　"妨贤卖主逞奇功"，这句诗讲了张鲁的谋士杨松的三件卖主求荣的事。

　　杨松贪财好赂，臭名远扬。当张鲁派马超前往益州，与刘备军队对峙于葭萌关时，刘备见马超人才出众，武艺高强，深爱之，愿收其于麾下。于是诸葛亮献计："亮闻东川张鲁，欲自立为'汉宁王'。手下谋士杨松，极贪贿赂。可差人从小路径投汉中，先用金银结好杨松，后进书与张鲁云：'吾与刘璋争西川，是与汝报仇。不可听信离间之语。事定之后，保汝为汉宁王。'令其撤回马超兵。待其来撤时，便可用计招降马超矣。"杨松受了金珠，果然大喜，先是劝张鲁罢兵，继而进谗言说马超"必怀异心"，离间计逼得马超处于进退两难之际，刘备乘机又派马超旧交劝说，使马超归降了刘备。

　　曹操平定汉中，攻打张鲁不下，受挫

于张鲁手下的名将庞德。曹操听说庞德好武艺，心中很高兴，想收庞德为已所用，于是与众商议："如何得此人投降？"贾诩出谋曰："某知张鲁手下，有一谋士杨松。其人极贪贿赂。今可暗以金帛送之，使谮庞德于张鲁，便可图矣。"曹操依计，使人送杨松金掩心甲一副，并附密信教他如何。杨松受贿大喜，对来人说："上复魏公，但请放心。某自有良策奉报。"杨松连夜去见张鲁，说庞德受了曹操贿赂，卖此一阵。张鲁大怒，唤庞德责骂，欲斩之。经他人劝谏，张鲁才免其一死，责令："你来日出战，不胜必斩！"庞德抱恨而退。第二日，庞德与曹军作战，中计被活捉，曹操亲自为庞德松绑。庞德寻思张鲁不仁，又感曹操恩义，于是降曹。这是杨松受贿后为曹操办的一件大事。此事对张鲁来讲，损失了一员大将，杨松的作用则是"妨贤"。

张鲁弃南郑，奔巴中。曹操乘势占了南郑，又挥兵进攻巴中。杨松又与曹操密信，教曹操进兵，他为内应，里外夹攻。张鲁闭城坚守，杨松为他出谋："今若不出，坐而待毙矣。某守城，主公当亲与决一死战。"张鲁听从其言，出城迎战。曹军不战而走，张鲁急退回城，杨松闭门不开，逼得张鲁走投无路，无奈之中降曹。这是杨松帮助曹操办的又一件大事。

## 孙权逍遥津跃马

"的卢"当日跳檀溪，
又见吴侯败合淝①。
退后着鞭驰骏骑，
逍遥津②上玉龙飞。

**注释**

① "又见"句：建安二十年（公元215年）八月，孙权与刘备签订湘水之盟平分荆州以后，趁曹操用兵汉中之机，亲率十万大军进围合淝。这次战争，孙权被曹操大将张辽打败。
②逍遥津：古津渡名。为古代淝水渡口。故址在今合肥东北。

## 赏析

　　孙权亲率大军进围合肥，吕蒙、甘宁为前队，引军向曹军赶去。孙权催兵行至逍遥津北岸，猝然遇敌，"孙权大惊，急令人唤吕蒙、甘宁回救时，张辽兵已到，凌统手下，只有三百余骑，当不得曹军势如山倒"。凌统拼死护着孙权，来到小师桥时，孙权见桥南已折板丈余，惊得手足无措。牙将谷利大呼曰："主公可约马退后，再放马向前，跳过桥去。"孙权收回马来，然后纵辔加鞭，那马腾空一跳飞过桥南去了。

　　这首诗专咏危难之中宝马救主。孙权"退后着鞭驰骏骑，逍遥津上玉龙飞"。马通人性，在主人危难之际更能表现出来。如今张辽引军杀至眼前，孙权纵马上桥，见桥南已折板丈余，他走投无路，只得一声鞭响，那马腾空一跳飞过桥南。这种对马的人格化、神化，与对马的主人的神化是相比附、相烘托的。宝马配贵人，暗示人物的命运非凡。"国之将兴，必有祯祥；国之将亡，必有妖孽。"刘备尚幼时，其家有"童童如车盖"的桑树显示其贵；刘备襄阳遇险，有宝马救主；曹操做梦"三日争辉"，三国鼎立的天象已昭然分明；同样，"逍遥津上玉龙飞"，也预示孙权大福大贵，将是鼎足东南的吴大帝。

# 第六十八回

## 百翎贯寨

鼙鼓<sup>①</sup>声喧震地来，
吴师到处鬼神哀<sup>②</sup>！
百翎<sup>③</sup>直贯曹家寨，
尽说<sup>④</sup>甘宁虎将才。

### 注释

①鼙鼓：小鼓。古代军中常用的乐器。
②吴师：吴国的军队。鬼神哀：比喻惊恐悲丧的样子。
③百翎：鸟羽，指古代武将头上的装饰物，此处暗喻百员战将。
④尽说：都说。尽，全。

### 赏析

　　曹操亲率四十万大军从汉中迅速回师，直向孙权屯兵的濡须口杀来。甘宁与凌统争锋，提出只带百骑夜袭曹营的请求，"孙权壮之"。本诗采用对比的方式，先抑后扬，烘托甘宁百骑袭曹营的骁勇和胆略。

　　"鼙鼓声喧震地来，吴师到处鬼神

哀！"这联诗以夸张的口吻写出了曹操四十万大军，重兵压境，两军对峙，力量悬殊。曹军气势夺人，吴兵胆战心惊。在这种严峻的形势面前，张昭为孙权出谋："今曹操远来，必须先挫其锐气。"以灭敌人的威风，长自己的士气。当孙权问谁敢当先破敌，凌统自告奋勇，愿带三千兵杀敌。甘宁也不示弱，只带百骑破敌。虽不排除血气方刚的甘宁与凌统争风赌气，但这英雄气概，敢于冲杀，就足以令人激动了！何况是面对数十万敌军，真可谓明知山有虎，偏向虎山行。使人更为震惊的是甘宁还表示：百人劫寨，"若折了一人一骑，也不算功"。

甘宁不愧为"虎将才"，身先士卒，效命疆场。他对百人说完今夜奉命劫寨，"众人闻言，面面相觑"。个个脸上带有"难色"，甘宁乃拔剑在手，怒叱曰："我为上将，且不惜命，汝等何得迟疑！"在甘宁的激励下，众人都说："愿效死力。"夜深时，取白鹅翎一百根，插于盔上为号，披甲上马，甘宁带头，"大喊一声"，"百翎直贯曹家寨"，"纵横驰骤"，杀得曹兵惊慌失措，"自相扰乱"，"无人敢当"。最后，果然"不折一人一骑"，胜利而归。

# 第六十九回

## 左慈戏曹

飞步凌云遍九州①，独凭遁甲②自邀游。
等闲施设神仙术，点悟③曹瞒不转头。

**注 释**

①凌云：指直上云霄。九州：泛指全国。
②遁甲：术数的一种。十干中"甲"最尊贵而不显露，"六甲"常隐藏于"戊、己、庚、
　辛、壬、癸"所谓"六仪"之内，六仪分布九宫，而"甲"不独占一宫，故名"遁甲"。
　遁，隐形，这里指左慈得天书三卷，名曰："遁甲天书"。
③点悟：古代方士的点化术，传说神仙运用法术能使物变化。

**赏 析**

　　曹操自立为魏王，并建成魏王宫。孙权进献温州柑子，以示庆
贺。送柑途中遇到一位自称魏王乡中故人左慈。他将柑子变幻成空
壳，内中无肉，从而引发了一系列戏弄曹操的故事。

　　"飞步凌云遍九州，独凭遁甲自邀游。"他能够腾云飞天、空
山透石、隐形变身，有着神奇的本领。在曹操的王宫大宴上，左慈
说："大王今日水陆俱备，大宴群臣，四方异物极多，内中欠少何
物，贫道愿取之。"曹操曰："我要龙肝作羹，汝能取否？"左慈取
墨笔于粉墙上画一条龙，以袍袖一拂，龙腹自开。从龙腹中提出龙
肝一副，鲜血尚流。还可以在鱼池中钓出松江的鲈鱼，可以在金盆

中取来紫芽姜。曹操问他："汝有何术，以至于此？"左慈说："贫道于西川嘉陵峨眉山中，学道三十年，忽闻石壁中有声呼我之名，及视，不见。如此者数日。忽有天雷震碎石壁，得天书三卷，名曰'遁甲天书'。"

"等闲施设神仙术，点悟曹瞒不转头。"左慈这个神道显示了自己神奇的道术以后，进而向曹操表达了自己的政治倾向，劝曹操隐退，主动让位于刘备。他对曹操说："大王位极人臣，何不退步，跟贫道往峨眉山中修行？当以三卷天书相授。"曹操说："我亦久思急流勇退，奈朝廷未得其人耳。"左慈笑曰："益州刘玄德乃帝室之胄，何不让此位与之？不然，贫道当飞剑汝之头也。"曹操大怒，喝令狱卒将其痛打、上枷、锁牢、收监，"连监禁七日，不与饮食。及看时，慈端坐于地上，面皮转红。"曹操无可奈何。

在曹操之死前描写左慈这一形象，是作者借左慈极尽嬉笑怒骂之能事，无情地嘲讽，尽意地戏耍，借以鞭挞曹操。以此伸张正义，惩治奸邪，宣泄尊刘贬曹的政治情感。

# 赞管辂

平原神卜①管公明，能算南辰②北斗星。

八卦幽微通鬼窍③，六爻④玄奥究天庭。

预知相法⑤应无寿，自觉心源极有灵。

可惜当年奇异术，后人无复⑥授遗经。

**注释**

①平原：郡名。故治所在今山东平原南二十公里。辖境相当今山东平原、陵县、禹城、

齐河、茌平、聊城、商河、吴桥等地。卜：占卜。一种用火灼龟背或牛肩胛骨，观其裂纹以预测凶吉的活动。

②南辰：南方天上的星辰。

③八卦：《易经》中指乾、坤、震、巽、坎、离、艮、兑八个三爻卦，太极指宇宙本原分化，生出阴阳两相对立的状态就是两仪。天地阴阳两仪之上又生出四象，即春、夏、秋、冬四时。在天地四时形成并运行之后，又形成宇宙最基本的八种自然现象，这就生出了八卦。鬼窍：阴间的隐秘。

④六爻：《易经》最基本的观念和工具是阴、阳两个概念。表示阴的符号"--"，阳的符号"-"就是爻。"爻"是交错、变化的意思。八卦中的卦由三个爻组成，六十四卦中的卦是由六个爻组成，象征事物的矛盾运动和发展变化。

⑤相法：即相术。

⑥无复：不再。

## 赏析

　　曹操被左慈戏弄成疾，吃药也不好。太史丞许芝向曹操推荐了神卜管辂。曹操大喜，乃派人往平原召管辂为其卜天下之事。

　　管辂，字公明，平原人。他被誉之为"神人"，"能算南辰北斗星。八卦幽微通鬼窍，六爻玄奥究天庭"。这三句诗高度概括了管辂占卜超凡绝技。他出场之前，太史丞许芝就向曹操一连讲了管辂五个占卜的故事。管辂占卜的几个细节，就记述了当时古人常采用的几种占卜方法。"能算南辰北斗星"，是日月星辰之占，即天文占；其断别燕卵、蜂巢、蜘蛛三物，是射覆占。射覆是一种有趣的游戏。射，猜。覆，盖严。就是将某一东西暗中覆盖严密，通过占筮的方法让人猜出是何物。还有相术占，管辂"出郊闲行，见一少年耕于田中"，观之良久才说："吾见汝眉间有死气，三日内必死。"

　　"预知相法应无寿，自觉心源极有灵。"曹操欲封管辂为太史，管辂谢绝了，他说自己"命薄相穷"，上天只给了他才智，"心源极有灵"。没有给他年寿，"相法应无寿"，即他"额无主骨，眼无守睛；鼻无梁柱，脚无天根；背无三甲，腹无三壬"，是短寿之相。结果他只活了四十八岁。

# 第七十一回

## 赞黄忠

苍头<sup>①</sup>临大敌，皓首逞神威。
力趁雕弓发，风迎雪刃挥。
雄声如虎吼，骏马似龙飞。
献馘<sup>②</sup>功勋重，开疆展帝畿<sup>③</sup>。

**赏析**

刘备手下的老将黄忠在攻打汉中的战争中，主动请战，大败曹军，又乘胜大战定军山，斩杀曹营大将夏侯渊。这是一首赞颂黄忠老而犹壮，功勋赫赫的诗。

"苍头临大敌，皓首逞神威"，刻画了老将黄忠宝刀不老的英雄形象。"苍头""皓首"均写出了黄忠年迈的特点，而"临大敌""逞神威"则表现了这位老将壮心不已、威风凛凛的英雄气概。接下来的四句诗"力趁雕弓发，风迎雪刃挥。雄声如虎吼，骏马似龙飞"，从不同角度铺排描写了黄忠的勇猛无双，更以"如虎吼""似龙飞"的生动比喻，极其传神地表现他的神勇。最后两句"献羊功勋重，开疆展帝义"，以评价黄忠的功绩作为本诗结尾，称赞他为蜀汉立下的汗马功劳。

# 第七十二回

## 杨修之死

聪明杨德祖，世代继簪缨①。
笔下龙蛇走②，胸中锦绣③成。
开谈惊四座④，捷对⑤冠群英。
身死因才误，非关欲退兵。

### 注释

①簪缨：古代达官贵人的冠饰，后指代做官的人。
②龙蛇：古人常用来比喻书法的笔势。龙蛇走，即笔走龙蛇。
③锦绣：原指精致华丽的丝绣品。常用来形容有文采。
④惊四座：滕王阁修缮竣工，宾朋满座，饮酒赋诗，以示庆贺。王勃路过这里，当时才
　十四岁，也执笔为之作序。举座不以为然，当听到"落霞与孤鹜齐飞，秋水共长天一
　色"时，四座皆惊。后人常以此表示才华出众，出语惊人。
⑤捷对：敏捷的应答能力。古人常以对联句的速度快慢衡量一个人的才华和聪敏。

### 赏析

　　汉中大战，曹操连连失利，进退维谷，在这种情况下，当有人
请示他定什么口令时，他随口说了用"鸡肋"做口令。杨修从这一
口令中看出曹操已有退兵之意，便擅自教军士打好班师的行装，最

终被曹操以惑乱军心之名杀掉了。

　　这首诗一开篇便指明了杨修聪明过人的特点和世代均为达官显宦的身世。接下来又通过"笔下龙蛇走，胸中锦绣成。开谈惊四座，捷对冠群英"的铺排描写，淋漓尽致地表现了杨修卓尔不群的才华。他书法不凡，文章锦绣，见识超群，反应敏捷，乃一代人杰！这几句诗一气贯注，加强了语势，表达了强烈的赞叹之情。然而，杨修最终因触怒曹操被杀，年仅三十四岁。不过，从最后一联"身死因才误，非关欲退兵"可以看出，作者认为"鸡肋事件"不过是个由头，恃才傲物才是杨修落得悲剧结局的根本原因。

# 第七十四回

## 关羽水淹七军

夜半征鼙①响震天，襄樊②平地作深渊。
关公神算谁能及，华夏威名万古传。

**注 释**

①征鼙：军队作战时用的小鼓。
②襄樊：在湖北省的西北部、江汉中游。东汉为襄阳郡治，辖境相当于今湖北襄阳、南
漳、宜城、当阳、远安等县地。东汉三国时代没有襄樊这个名称。

**赏 析**

关羽率兵攻打樊城，曹仁告急。曹操急令于禁、庞德领七路大
军来解樊城之围。关羽和庞德交战时，
不幸左臂中箭负伤，两军遂形成相持态
势。于禁、庞德便在樊城以北十里山谷
下寨。关羽冒雨视察，得知曹军扎营在
罾口川险隘之处，便派人到襄江上游的
各沟谷水口处，截流聚水，待洪水猛涨
时，放水淹曹营。

"夜半征鼙响震天，襄樊平地作深

174

渊。"这两句诗描绘了关羽在襄江上游截流聚水，待水位高涨，再决口放水，造成水浪滔天，泛滥成灾。"是夜风雨大作。庞德坐于帐中，只听得万马争奔，征鼙震地。"急出看时，"四面八方，大水骤至；七军乱窜，随波逐浪者，不计其数。平地水深丈余"。无情的江水，淹没了曹军的将士。

关羽能够水淹七军，原因是他成功地利用了自然条件和自然力量。关羽得天时，用地利。人事上，曹军统帅于禁对庞德的妒忌和挟制也有助于关羽。在关羽养伤期间，庞德多次要出战，于禁不肯。于禁怕庞德抢了头功，便把七军转过山口，令庞德屯兵于山谷后，使其不能进兵。这种狭隘的妒忌心理蒙蔽住了于禁的理智，督将成何曾提醒于禁："大军屯于川口，地势甚低；虽有土山，离营稍远。即今秋雨连绵，军士艰辛……倘江水泛涨，我军危矣，宜早为计。"于禁反认为成何"惑吾军心"，把他斥责一顿。而庞德听了成何之见，认为"汝所见甚当。于将军不肯移兵，吾明日自移军屯于他处"。结果，当天夜里关羽放水淹了七军。

关羽水淹七军，擒于禁，斩庞德，威名大震，吓得曹操几乎欲迁都，以避其锐。

# 第七十七回

## 关羽之死

汉末才无敌，云长独出群。
神威能奋武①，儒雅更知文②。
天日心如镜，《春秋》义薄云③。
昭然④垂万古，不止冠三分。

### 注 释

①奋武：奋，振奋；武，武艺。
②儒雅：知书达理，气度雍容。文：文才，与"武"相对。
③《春秋》：编年体史书。相传孔子依据鲁国史官所编《春秋》加以整理修订而成。汉
　代以后，成为儒家学派的重要经典著作。薄：迫近，接近。云：云天。
④昭然：昭，光明；然，样子。

### 赏 析

　　正当关羽率师攻曹仁于樊城，斩将虏兵，威震华夏之际，曹操与孙权密谋采取联合夹击的战略行动，使关羽腹背受敌。最终关羽败走麦城，最后被孙权部下所擒。关羽誓死不降，父子双亡。

　　这首诗把关羽放在了无人匹敌、鹤立鸡群的绝高位置。他既有文韬武略，又有忠肝义胆。"神威能奋武，儒雅更知文。天日心如

镜，《春秋》义薄云"四句，言简意赅，掷地有声，仿佛让我们看到了关羽那刚毅勇猛、风度儒雅、胆识非凡、重情重义的高大形象；也让我们情不自禁地想起了温酒斩华雄、夜读《春秋》、千里走单骑、单刀赴会、水淹七军、刮骨疗伤等动人的故事。如此英雄人物，自然魅力无限，让人心生崇敬之情。这首诗以"昭然垂万古，不止冠三分"作结，高度赞扬了关羽的品格。

# 士民争拜汉云长

人杰惟追古解良①，士民争拜汉云长。

桃园一日兄和弟，俎豆②千秋帝与王。

气挟风雷无匹敌③，志垂日月有光芒。

至今庙貌盈天下④，古木寒鸦几夕阳。

**注释**

①解良：关羽，河东解县（今山西运城）人。古人常以出生地、为官地来指代人名。如孔融称为孔北海，刘备称为刘豫州，这里指关羽。

②俎豆：俎与豆是古代礼器。用于行祭礼时盛肉食，后用作咏礼仪的典故。

③挟：携同，牵引。匹敌：相当。

④庙貌：庙，庙宇；貌，画像。这里引申为塑像。盈：满。

**赏析**

关羽死后成为神武和忠义的典范，其人格得到升华，其形象得以神化。国人始称关公，继而称王，终而称帝。关帝庙遍布海内外，"至今庙貌盈天下"。以人臣而位至尊者，唯关羽一人而已。这一人物的巨大而深远的影响，首先源自《三国演义》长达一千多年的酝酿和创造过程。它成功地塑造了关羽的性格，其艺术魅力吸引了一代又一代的广大读者群。其人物形象蕴含的文化内涵，使得上自帝王，下至百姓，不论士民农商，还是三教九流，都能从各自的角度顶礼膜拜关大帝。

"人杰惟追古解良，士民争拜汉云长"，形象地写出了关羽威望之高，影响之大。其中"惟追""争拜"两个词用得巧妙精准，写出了世人对关羽的推崇之盛。"桃园一日兄和弟"表现的是"义"，"俎豆千秋帝与王"表现的是"忠"，"气挟风雷无匹敌"表现的是"勇"。正是这种"义、忠、勇"的精神成就了关羽不平凡的一生，使其英名与日月同辉；也正是这种"义、忠、勇"的精神，使得关羽被推为忠肝义胆、刚毅勇猛的"武圣"，成为老百姓的精神寄托，乃至出现了"至今庙貌盈天下"的现象。

# 第七十八回

## 华佗之死

华佗仙术比长桑①，神识如窥垣一方②。

惆怅③人亡书亦绝，后人无复见《青囊》④！

**注释**

①长桑：即长桑君。战国时名医扁鹊的老师。
②神识：出神入化般的见识。垣一方：墙的另一面。
③惆怅：因失望而哀伤。
④《青囊》：传说华佗所著的医书。

**赏析**

　　曹操头疼难忍，听从华歆建议，请华佗前来治病。华佗要开颅医治，曹操就疑心华佗借机害他，又得知华佗曾为关羽刮骨疗毒，疑心更重，不但拒绝治病，还拷问华佗，致其死在狱中。这首诗就是后人感叹华佗之死而作的。

　　"华佗仙术比长桑，神识如窥垣一方"，就写出了华佗医术之高妙。先将他的"医术"称为"仙术"，又用战国名

医扁鹊的老师长桑君来做衬托，其妙手回春之能可见一斑，最后更以"神识窥垣"来具体表现他神乎其神的医术，盛赞之情浓烈。然而就是这样一代神医，只因为曹操的猜忌而送命，实在令人惋惜！后两句"惆怅人亡书亦绝，后人无复见《青囊》"，情感直转而下，由赞叹变成了叹惋甚至悲怆。华佗临死前，将所著医书《青囊书》赠给了一位心善的狱卒，希望他能继承自己的医术。谁知，狱卒尚未开始学习，此书就被他妻子焚烧殆尽了。自此，华佗的医书绝迹，医术失传。诗中叹惋之情绵绵不绝，痛惜之意淋漓尽致。

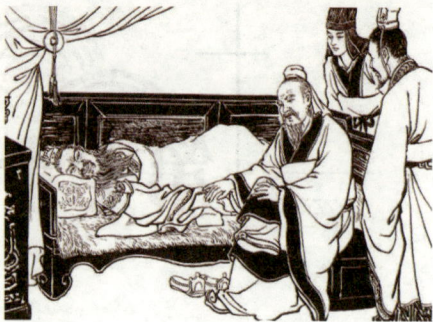

# 邺中歌

邺则邺城水漳水①，定有异人②从此起。

雄谋韵事与文心③，君臣兄弟而父子。

英雄未有俗胸中，出没岂随人眼底？

功首罪魁非两人，遗臭流芳本一身。

文章有神霸有气，岂能苟尔化为群④？

横流筑台距太行，气与理势相低昂⑤。

安有斯人不作逆⑥，小不为霸大不王⑦？

霸王降作儿女鸣⑧，无可奈何中不平。

向帐⑨明知非有益，分香⑩未可谓无情。

呜呼！古人作事无巨细，寂寞豪华皆有意。

书生轻议冢中人，冢中笑尔书生气！

## 注 释

①邺城：即邺县，曹操曾以此为都城。漳水：卫河之流，在今河南、河北两省边界。漳河水流经邺城。

②异人：奇特不凡的人。

③雄谋：雄奇的谋略。韵事：风雅韵事。文心：文思与文采。总的意思是文武兼备。

④苟尔：随便的意思。群：众多。

⑤气：楼台阁廊的气势。理：地形的走势。低昂：起伏变化。此句意思是台阁与地势相配合，起伏有致，变化多端。

⑥斯人：这个人。作逆：逆，叛逆。

⑦小、大：均指权势的大小。为：成为，变成。霸、王：均指天子事。这句诗的句法结构较特殊，前后互相补充，其义自见。意思是权势小也罢大也罢，都不行王霸之事。即指曹操未称帝。

⑧儿女鸣：儿女情。鸣，抒发或表示情感。

⑨向帐：归向帷帐之中。指曹操临死前命诸妾多居铜雀台中一事。

⑩分香：魏武帝曹操临终前留下《遗令》，将余香分与诸夫人。后便用"分香"作为临死顾念妻妾的典故。

## 赏 析

　　曹操立下遗嘱后，不久便与世长辞。时年66岁。后人作有《邺中歌》，以高度凝练的笔墨诉说了曹操的一生。

　　"邺则邺城水漳水，定有异人从此起"，从这联起概论曹操。曹操攻破袁绍后，以邺城为都城。邺城是魏都治所，因此曹操进位称魏公、魏王。曹丕建国号魏，亦源于此。"雄谋韵事与文心。"曹操凭借自己的文才武略，多谋善断，吸引大批人才，以曹洪、曹仁、曹休、夏侯惇、夏侯渊、夏侯尚等一批世家子弟为骨干，武有张辽、乐进、张郃、徐晃、典韦、文聘、庞德等上将，文有荀彧、郭嘉、贾诩、钟繇、华歆、刘晔等谋臣，还聚会了一批才华横溢的建安文士，人才济济。这使他在群雄竞争中不断发展势力，以少胜多，由弱转强。曹操出身并不高贵，但其英雄气质，豪气夺人，"出没岂随人眼底？"曹操是一代天骄，"外定武功，内兴文学"。以雄才大略，赫赫功绩，名垂青史。又"以相王之尊，雅爱诗章"，开一代文风。曹操又

是乱世奸雄，狡诈权变，残忍自私，雄中有奸，奸中有雄，"遗臭流芳本一身"，构成了曹操生动的性格。

"小不为霸大不王。"曹操定邺城为王都，筑金虎、铜雀、冰井三台，飞阁凌空，层楼承天，浮桥相连，阁道相通，既起伏有致，变化多端，又互为一体，气势宏伟。不仅楼阁亭台大有皇家风貌，而且魏都还设置百官。名义是汉家天子之臣下，而实权凌驾于圣上，其实，和皇帝没有区别。"安有斯人不作逆"，可毕竟曹操没有当皇帝，"小不为霸大不王"，权势小也不做霸主，权势大也不做帝王，他曾表示："苟天命在孤，孤为周文王矣。"

此诗前一部分大开大合，书写了曹操英雄的气质、横溢的才华、多变的性格、不朽的功业，着重表现他的大雄大奸；后半部分笔锋一转，借"向帐"和"分香"两件事，表现曹操的儿女情长，展现了他性格中充满人情的一面。至此，曹操的形象就更丰富、更立体了。

# 第七十九回

## 七步诗

煮豆燃豆萁①，豆在釜②中泣，
本是同根生，相煎③何太急！

### 注 释

①豆萁：豆秸。
②釜：古代的一种炊器，类似锅。
③相煎：逼迫、折磨。烧豆秸，煮豆粒，仿佛互相逼迫，折磨。

### 赏 析

　　曹丕继位后想加害曹植，但碍于母亲卞氏哭诉恳求，不能肆意而为，就想借作诗之名谋害曹植。曹植按要求在七步之内作了一首诗，曹丕又生一计，让曹植以"兄弟"为题作诗。曹植不假思索，口占一绝，即为此诗。

　　这首诗以同根相生的豆和豆萁作比，借豆秸烧火煮豆子，来揭露兄弟相残的现象，深入浅出地反映了封建统治集团内部的残酷斗争。诗中曹植以豆自喻，"豆在釜中泣"一句表现了自己遭受迫害的悲惨境遇和悲怆的心情。"本是同根生，相煎

何太急！"则是他对曹丕残害手足的不满与控诉，结合当时的情况看，这也未尝不是曹植含蓄的求饶之语。整首小诗生动形象、感人至深，连曹丕也因此潸然泪下。

　　曹丕企图借作诗之名杀害曹植，而曹植出口成章，举步为诗，由此更衬托出曹丕的阴险狠毒，曹植的聪敏绝伦。

# 第八十一回

## 张飞之死

安喜曾闻鞭督邮①，黄巾扫尽佐炎刘②。

虎牢关上声先震，长坂桥边水逆流。

义释严颜安蜀境，智欺张郃定中州。

伐吴未克身先死，秋草长遗阆地③愁。

**赏 析**

　　刘备决意出师伐吴为关羽报仇。张飞
"急兄仇"下令军中，三日内置办白旗白
甲，挂孝出征。末将范疆、张达因对张飞
告曰"白旗白甲，一时无措"而遭毒打。
二人怀恨在心，乘夜张飞醉卧帐中，将其
杀害。并割下首级，连夜投奔东吴。张飞

死于非命，年仅 55 岁。

　　这首诗前六句以高度概括的诗句列举了张飞的英雄功绩，生动形象地刻画了"猛张飞"的形象。开篇就提到了张飞"怒鞭督邮"的事件，表现了他粗犷鲁莽的性格特点。而虎牢关上战吕布，长坂桥边退曹兵，巴蜀之郡擒严颜，瓦口关隘败张郃，这些描写把张飞勇猛神武、粗中有细的特点表现得淋漓尽致。"声先震""水逆流"写得极具威势，极其夸张，使张飞横矛立马、声若巨雷的风采如在眼前。最后两句"伐吴未克身先死，秋草长遗阆地愁"则流露出对张飞没能马革裹尸，却死于非命的同情和惋惜。

# 第八十三回

## 黄忠之死

老将说黄忠，收川立大功。

重披金锁甲①，双挽铁胎弓②。

胆气惊河北③，威名镇④蜀中。

临亡头似雪，犹自显英雄。

### 注释

①金锁甲：锁子甲的一种，古代武士穿的一种铠甲。
②铁胎弓：弓的一种。以铁条附着弓背之内，加强弓的力度。
③河北：河，黄河。黄河以北，泛指曹操所辖的区域。
④镇：通"震"。

### 赏析

黄忠跟随刘备东征伐吴，在一次作战中，被伏军围住，不幸中箭。关兴、张苞杀退吴军，救出黄忠。因他年老血衰，箭疮痛裂，病逝军中，时年75岁。

这首诗表达了黄忠作为老将威震曹军、扬名蜀川的英雄气概。

诗从功绩、神采、影响等不同的角度刻画了黄忠的形象。先指明他为刘备夺取西川立下了汗马功劳，与"老将"身份形成对比，突出了他的老而有为。接着以"重披金锁甲，双挽铁胎弓"来描写黄忠飒爽孔武的风姿和气魄。而"胆气惊河北，威名镇蜀中"这两句诗里，一"惊"一"镇"对举而出，用语老辣，写曹营兵将对他望而生畏，蜀汉将士则对他万分钦佩。最后两句"临亡头似雪，犹自显英雄"直抒胸臆，表达了对黄忠真挚的赞美之情。

# 甘宁之死

吴郡甘兴霸，长江锦幔舟。

酬君重知己，报友化仇雠①。

劫寨将②轻骑，驱兵饮巨瓯③。

神鸦④能显圣，香火永千秋。

## 注释

①仇雠：敌人、仇人。

②将：动词，带领。

③巨瓯：盛酒的大杯。瓯：小盆，引申为大酒杯。

④神鸦：啄食祭品的乌鸦。

## 赏析

甘宁是东吴杰出的将领。作者在孙权进剿黄祖，鼎足江东，与魏蜀征战的历史背景下，选择了几个典型，极其生动地刻画了甘宁的性格特征。这首诗安插在甘宁之死的情节中，把甘宁的故事叙述得有声有色。

诗从甘宁少年时好游侠，纠集人马纵横江湖之中，被称"锦帆

"贼"写起，又以甘宁被箭射中，死于树下，群鸦绕尸，孙权为他立庙祭祀作结。而"酬君重知己，报友化仇雠。劫寨将轻骑，驱兵饮巨瓯"则生动地概括了甘宁平生的几件大事，凸显了他鲜明的性格特点。甘宁早年曾受苏飞恩惠，后来孙权出兵江夏，杀黄祖、捉苏飞，甘宁便不惜以自己的官爵为代价替苏飞赎罪。甘宁与凌统有杀父之仇，凌统多次公开寻仇生事，但危急时刻，甘宁不计前嫌，仍然毫不犹豫地援救凌统，自此二人成为生死之交。"酬君重知己，报友化仇雠"，这两句诗表现的就是甘宁这种知恩图报、重情重义、胸怀大度、善解矛盾的性格特点。而"劫寨将轻骑，驱兵饮巨瓯"则写出了甘宁"百翎贯寨"的胆识和智慧。甘宁用置生死于度外的豪情和身先士卒、英勇果敢的行动鼓舞士气，最终"百翎直贯曹家寨"，袭击大获成功。

# 第八十四回

## 火烧连营

持矛举火破连营①，玄德穷奔白帝城②。

一旦威名惊蜀魏，吴王宁不敬书生。

### 注 释

①连营：刘备因天气炎热，移军林木茂密之处，连营七百里。

②白帝城：城邑名。故址在今四川奉节县东白帝山上。东汉初公孙述筑城，号称白帝城。城居高山，形势险要。三国时蜀汉以其为防吴重镇。

### 赏 析

陆逊指挥吴军火烧蜀军连营七百里，取得了夷陵大战的胜利。这位鲜为人知的"书生"，成为举世闻名的江东英杰。

"持矛举火破连营，玄德穷奔白帝城。"这一联诗只点到了孙吴采用的总战术方针和战争的结局。其实，刘备失败的主要原因小说已做了断断续续的披露。其一，孙刘联盟共抗曹操，这是孙吴和刘蜀两国唇齿相依的政治路线，不论是谁破坏和违背了这一政治路线，都会落个唇亡齿寒，或鹬蚌相争、渔翁得利的下场。其二，骄兵必败，刘备称帝以后，有些忘乎所以。其三，刘备总体战略的失误。当曹丕得知刘备如此布局全军，"仰面笑曰：'刘备将败矣！'

群臣请问其故。魏主曰：'刘玄德不晓兵法：岂有连营七百里，而可以拒敌乎？包原隰险阻屯兵者，此兵法之大忌也。玄德必败于东吴陆逊之手。'"当诸葛亮看过马良送上的图本，"拍案叫苦曰：'是何人教主上如此下寨？可斩此人！'"当马良请教其由，诸葛亮说："包原隰险阻而结营，此兵家之大忌。倘彼用火攻，何以解救？又岂有连营七百里而可拒敌乎？祸不远矣！陆逊拒守不出，正为此也。"曹丕和诸葛亮所见相同，都一针见血地指出了陆逊韬略之心，刘备败亡之因。

陆逊无愧于阚泽的推荐："此人虽名儒生，实有雄才大略，以臣论之，不在周郎之下。"而事实恰恰如此，"一介儒生"一把火把大半生奔走沙场、久经战场的刘备，烧得片甲不留，迫使刘备退守白帝。

# 八阵图

功盖三分国①，名成八阵图②。
江流石不转③，遗恨失吞吴④。

---

**注 释**

①功盖三分国：诸葛亮的盖世功业，是指他辅佐刘备，开创蜀汉事业，以成三分天下的鼎足之势。

②八阵图：夔州西南永安宫前平沙上，聚石成堆，纵横棋布。夏时水没不见，冬时水退石出，相传是诸葛亮所作的八阵图遗迹。

③江流石不转：八阵图的石，受江水冲击，数百年来，屹然不移。

④遗恨失吞吴：诸葛亮一生主张联吴伐魏，后因刘备急于报关羽之仇，发兵征吴，大败而归，使蜀国丧失了元气。从此，诸葛亮竭尽努力，然无回天之力。数年伐魏无功，蜀汉二世而亡。这是千古遗恨。

## 赏析

　　杜甫初到夔州时咏怀诸葛亮写了这首诗。前两句赞颂了诸葛亮的丰功伟绩，表明他在蜀国与魏、吴两国三分天下的过程中，功勋最大，更以自创的"八阵图"名垂古今。这两句诗对仗精巧而工整，"三分国"对"八阵图"，以全局性的业绩对军事上的贡献，显得自然妥帖。后两句则是凭吊遗址，抒发感慨。对刘备吞吴失策，国势从此衰颓，诸葛亮无力回天表示惋惜。其中，"江流石不转"写出了布成八阵图的石头数百年来岿然不动这一富有神奇色彩的现象。诸葛亮对蜀汉的忠贞不贰、鞠躬尽瘁，就如同这石头一般，久经江水冲击，却从不动摇。可惜"遗恨失吞吴"，刘备吞吴失策，王图霸业功败垂成，诸葛亮虽满腹韬略，却也无力回天，徒留遗恨。

　　这首诗既是怀古，又是抒怀，给人一种此恨绵绵、余味不尽的感觉，在绝句中别树一帜。

# 第八十五回

## 咏怀古迹五首·其四

蜀主窥吴向三峡<sup>①</sup>，崩年亦在永安宫<sup>②</sup>。
翠华<sup>③</sup>想像空山外，玉殿<sup>④</sup>虚无野寺中。
古庙<sup>⑤</sup>杉松巢水鹤，岁时伏腊<sup>⑥</sup>走村翁。
武侯祠<sup>⑦</sup>屋长邻近，一体<sup>⑧</sup>君臣祭祀同。

### 注 释

①窥：窥兵，炫耀武力，兴兵征伐。向三峡：刘备率军进攻吴国的路线，是从秭归起兵，顺江而下，在巫峡至夷陵七百里，连营驻扎。跨越长江的巫峡和西陵峡。三峡在这里是泛指。
②崩年：刘备伐吴败回，住在永安宫，并病死在那里。帝王死曰"崩"。
③翠华：皇帝的行仗。
④玉殿：即指永安宫。
⑤古庙：即昭烈庙，刘备祀庙。
⑥岁时：村民按季节祭祀。伏腊：古代祭名。伏在夏六月，腊在冬十二月。
⑦武侯祠：诸葛亮曾封武乡侯。唐代建武侯祠在先主庙西，相邻很近。明初，武侯祠并于昭烈庙，大门横额为"汉昭烈庙"，但人们习惯称之"武侯祠"。
⑧一体：一样的对待。

### 赏 析

　　这是杜甫在夔州时写的一首咏怀诗。前两联表达对刘备之死的感慨，后两联写了刘备祀庙周围的光景。

刘备伐吴，沿江而下，结果兵败夷陵，后死于永安宫。英雄逝去，今昔巨变，威赫显贵无觅处。杜甫重游故地，触景生情，有叹惋，有伤悲，有追念。其中，"亦在"二字意蕴丰富。想当年，刘备兴兵到夔关时曾"驾屯白帝城"，兵败后又仓皇逃往白帝城并死在那里。虽同在永安宫，但锐意挥师与黯然身死形成鲜明对比，暗含遗憾之情、反讽之意。

昭烈庙的杉松郁郁葱葱，水鹤筑巢而居，村民时常前来祭祀，香火不断。在杜甫看来，刘备和诸葛亮生前因时遇合，死后祠庙又毗邻而建，受人共祭，君臣契合，千古难逢。"武侯祠屋长邻近，一体君臣祭祀同"一联，既有对古人的感慕，也有对自己怀才不遇的悲叹。

# 第八十九回

## 赤帝施权柄

赤帝施权柄[①]，阴云不敢生。

云蒸[②]孤鹤喘，海热巨鳌惊。

忍舍[③]溪边坐？慵[④]抛竹里行。

如何沙塞[⑤]客，擐甲[⑥]复长征！

**赏 析**

　　这是诗写了蜀兵在六月天里冒着苦热南征。诗的前四句写景，呈现出一系列炎热的景象：赤日炎炎，阴云遁迹，云蒸海热，以致孤鹤热得发喘，巨鳌热

得惊恐。从不同的视觉角度，创造出这样一种意境：天气奇热。后四句写人，而且是两种人。面对炎热的天气，有的"溪边坐""竹里行"；可另有人却披甲出征。它勾勒的人与自然的画面，是小说情节的投影，象征蜀汉将士不畏艰险，不达目的誓不归还的精神。

# 高士孟节

高士①幽栖独闭关，武侯曾此破诸蛮。
至今古木无人境，犹有寒烟锁旧山②。

## 注释

①高士：超凡脱俗之士。这里指孟节，即孟获之兄。隐居于万安溪边，号为"万安隐者"。
②寒烟：深秋的山岚和林中的雾气。锁：幽闭。旧山：面貌未改的山峦。

## 赏析

诸葛亮亲率大军，深入西南不毛之地，乘胜追击孟获之时，许多士卒误饮哑泉之水，以致"皆不能言"。加上"山险岭恶，道路窄狭"，路边"多藏毒蛇恶蝎"，一到黄昏，就"瘴气密布"，熏人致命，给蜀军带来很大困难。而孟获遭四擒之后，又退到秃龙洞据守不出。在蜀军处于危难之机，诸葛亮亲自带人"攀藤附葛"，登临古庙，祈祷尊神，拜访士人，求教隐士。这一举动既感动了山神，又感化了隐士，这一举动在他们的指点和帮助下，诸葛亮熟悉了风土民情，得到了解救误饮哑泉和防止瘴气入侵的办法。

"高士幽栖独闭关，武侯曾此破诸蛮。"诸葛亮亲自拜访"万安隐士"，受到热情帮助。隐士告曰："此间蛮洞多毒蛇恶蝎，柳花飘入溪泉之间，水不可饮；但掘地为泉，汲水饮之方可。"诸葛亮又求"薤叶芸香"，隐者令众人尽意采摘，并嘱咐："各人口含一叶，自然瘴气不侵。"当拜求隐士姓名，才知乃孟获之兄孟节，在此隐居数十年了。诸葛亮先是"愕然"，继而"嗟叹不已"。孟节与孟获虽是兄弟，但二人对蜀汉王朝的态度截然不同，一个向善，一个向恶。孟节因屡谏孟获不从，"故更名改姓，隐居于此"，洁身自好。

"至今古木无人境，犹有寒烟锁旧山。"如今这里依旧是古木荫翳，人迹罕见，寒烟笼罩，山林如旧。小诗以景致的"静"和"空"，映衬了当年"高士幽栖"时，物我两忘，万念皆寂，超凡脱俗的志趣。

# 第九十回

## 七擒孟获

羽扇纶巾拥碧幢①，七擒妙策制蛮王。
至今溪洞②传威德，为选高原立庙堂③。

### 注释

①羽扇：鸟羽制成的扇子。纶巾：青丝带做的头巾。碧幢：绿色的车帘。此指代车。
②溪洞：古代指今苗族、侗族、壮族及其集聚地区。
③高原：高而平旷之地。庙堂：诸葛亮南征，沿途多处建有武侯祠。

### 赏析

这是赞美诸葛亮七擒孟获功绩的一首诗，从骄人战果和历史影响两方面概括评价诸葛亮的功绩，表达深深的赞美之情。

诸葛亮七擒孟获，终于使孟获心悦诚服地请罪，并表示："丞相天威，南人不复反矣！"战事平息后，诸葛亮依旧令孟获永为洞主。让他们自治自理，实践了"西和诸戎，南抚夷越"。从此，南中很快得到安定和发展。

诗的开篇直接刻画人物形象，一个儒雅倜傥、从容睿智的诸葛亮跃然纸上。第二句中一个"妙"字，将战争的刀光剑影、

追杀嘶吼隐在诸葛亮的神机妙算、用兵如神中，化为深深的赞叹。而"七擒"二字，不但极凝练地概括出诸葛亮采取"攻心为上"的策略，七擒七纵，终于降服孟获的事实，而且使这种叹服和颂扬有了依托。三、四句两则写出了诸葛亮"七擒孟获"的：深远影响。如今溪洞一带的百姓仍感念诸葛亮让他们自治自理的恩德，在其南征沿途建了多处武侯祠以示纪念。

# 第九十三回

## 骂死王朗

兵马出西秦①，雄才敌万人。
轻摇②三寸舌，骂死老奸臣。

**注 释**

①西秦：十六国之一。西秦
占据今甘肃西南部。
②轻摇：不费力地转动。

**赏 析**

　　这首诗言简意赅，形象地刻画了诸葛亮不凡的辩才。

　　背景：诸葛亮出师伐魏，连取天水、安定、南郡三城。魏国上下大为震恐，魏主命曹真为大都督，郭淮为副都督，王朗为军师，起东西两京军马二十万，抵抗蜀兵。王朗博学多才，自诩口才了得，两军对阵之际，他言辞锋利，滔滔不绝，企图劝降诸葛亮。结果诸葛亮指斥王朗理应"安汉兴刘"，却"反助逆贼，同谋篡位，罪恶深重，天地不容"，更讽刺他只配"潜身缩首，苟图衣食"，不配在行伍之前谈"天数"。七十六岁的王朗理屈词穷，"气满胸膛"，竟然"撞死于马下"。

　　这首诗既简约凝练，又不失情趣。尤其是三、四两句，写得精妙而活泼。"轻摇三寸舌"中，"轻摇"二字生动传神，写出了诸葛亮毫不费力、从容自信的状态；再加上后一句"骂死老奸臣"，不仅用语洗练、通俗易懂，还意脉贯通、倾泻而下，给人一种痛快舒爽、酣畅淋漓的感觉，让人不由得感叹：诸葛亮的雄辩才能着实了得，真可谓举世无双！

# 第九十五回

## 空城计

瑶琴①三尺胜雄师，诸葛西城②退敌时。

十五万人回马处，土人指点到今疑③。

### 注释

①瑶琴：饰玉的琴，也泛指古琴。
②西城：古县名，即西县，治所在今甘肃天水市西南。
③土人：土著人。到今疑：诸葛亮"空城计"是虚构的故事。

### 赏析

　　这首诗描写了诸葛亮平生第一险招——空城计。诸葛亮出师北伐，不料马谡失街亭，蜀军伤亡惨重，司马懿率十五万大军直取西城。这时，西城仅有一班文官和两千五百名士兵。诸葛亮临危不乱，以非凡的智慧、风度和军事才能，巧妙使用"空城计"，吓走司马懿平安退军。

　　诗中，"瑶琴"与"雄师"一文一武，一弱一强，对比鲜明，而诸葛亮面对十五万魏国精兵，就凭"大开四门""焚

香操琴"，创造了"瑶琴胜雄师"的奇迹，怎能不令人惊叹？"十五万人回马处，土人指点到今疑。"当地人至今还对着司马懿当年退兵的地方议论纷纷，仍不明白司马懿十五万兵马怎会被诸葛亮三尺瑶琴吓退。这首小诗，寥寥数语就把诸葛亮的料敌如神、盖世智谋的人物形象刻画得淋漓尽致。

# 第九十六回

## 挥泪斩马谡

失守街亭<sup>①</sup>罪不轻，堪嗟马谡枉谈兵<sup>②</sup>。
辕门<sup>③</sup>斩首严军法，拭泪犹思先帝明<sup>④</sup>。

**注释**

①街亭：地名。亦称街泉亭。故址在今甘肃庄浪东南。诸葛亮出师，使马谡与魏将张郃
　战。马谡不听节度败失此地。
②堪嗟：嗟，叹自、可叹。枉：白白地。
③辕门：带兵将帅的营门。
④拭泪：拭，擦。先帝：刘备。

**赏析**

　　马谡失街亭，使诸葛亮第一次北伐前功尽弃。不杀他便无法严
肃军纪，诸葛亮只得挥泪斩马谡。

　　"失守街亭罪不轻，堪嗟马谡枉谈兵。"诸葛亮征询诸将去守街
亭时，马谡自告奋勇。诸葛亮叮嘱他不可轻视，而他很自负地说："某
自幼熟读兵书，颇知兵法。岂一街亭不能守耶？"来到街亭，看了
地势，他骄狂地说："丞相何故多心也？量此山僻之处，魏兵如何敢
来！"于是轻易地做出"山上屯军"的错误决策。王平向他谏道：倘

魏军"四面围定","断我汲水之道，军士不战自乱矣"。马谡不假思索地大笑："汝真女子之见！兵法云：'凭高视下，势如破竹。'若魏兵到来，吾教他片甲不回！"王平再谏，马谡不但不听，还轻蔑地斥责王平："吾素读兵书，丞相诸事尚问于我，汝奈何相阻耶！"从主动请兵到街亭屯军，马谡自恃熟读兵书，不以为然，而偏偏在实践中教条地搬弄兵法，碰得头破血流，以致丧身辱命。

"辕门斩首严军法"，街亭失守，马谡之罪当斩，但斩马谡，诸葛亮十分心疼。马谡之过招致整个北伐的失败，诸葛亮对马谡说："今败军折将，失地陷地，皆汝之过也！若不明正军律，何以服众？"最终诸葛亮还是依法办事斩了他。"左右推出马谡于辕门外，将斩。参军蒋琬自成都至，见武士欲斩马谡，大惊，高叫'留人！'入见孔明曰：'昔楚杀得臣而文公喜。今天下未定，而戮智谋之臣，岂不可惜乎？'"诸葛亮讲了孙武治军，执法严明，不得不斩的道理。从个人感情上来讲，诸葛亮与马谡情同父子，斩马谡，他三次落泪：先是"挥泪"将马谡推出斩首，继而"流涕"同蒋琬谈论不得不斩的道理。当"武士献马谡首级于阶下"，又"大哭不已"。当然这哭，也含有对自己识人不明、用人不当的痛心。

马谡熟读兵书，深谙战法，在诸葛亮的帐下出谋划策，不失为好的智囊。蜀军南征孟获时，诸葛亮征询他的意见，马谡建议："夫用兵之道：'攻心为上，攻城为下；心战为上，兵战为下。'愿丞相但服其心足矣。"诸葛亮对此很赞赏："幼常足知吾肺腑也！"北伐出兵前，诸葛亮所虑者是劲敌司马懿。马谡又建议使用反间计，利用魏主曹睿素怀疑忌的性格，散布流言蜚语，张贴榜文，谣传司马懿要造反。果然此离间计奏效，司马懿被削去兵权。但他缺少亲临战场、实地指挥的经验，缺乏真正指挥作战的能力。身经百战的刘备对马谡这一弱点看得很清楚，临终前因看到马谡在身旁，便令其退出，问诸葛亮："'丞相观马谡之才何如？'孔明曰：'此人亦当世之英才也。'先主曰：'不然。朕观此人，言过其实，不可大用。丞相宜深察之。'"诸葛亮想到这些，"乃深恨己之不明，追思先帝之言，因此痛哭耳！"

# 第九十七回

## 赵云之死

常山有虎将，智勇匹关张[①]。

汉水功勋在，当阳姓字彰[②]。

两番扶幼主[③]，一念答先皇[④]。

青史书忠烈，应流百世芳[⑤]。

### 注释

①匹：匹配，匹敌。
②彰：显扬。
③两番：一是单骑救阿斗，一是截江夺阿斗。幼主：阿斗，刘禅。
④一念：一个念头。先皇：刘备。
⑤流百世芳：因押韵将词序倒置，应为流芳百世。

### 赏析

　　诸葛亮再上《出师表》，伐魏。赵云二子赵统、赵广来见诸葛亮，哭拜曰："某父昨夜三更病重而死。"诸葛亮跌足而哭："子龙身故，国家损一栋梁，吾去一臂也！"至此，蜀汉"五虎将"全部离世。《三国演义》塑造的典型武将中，能够与关羽、张飞相匹配的只有赵云，他功勋盖世，义贯长虹。

　　诗歌开篇高度赞扬了赵云，说他智勇双全、功勋盖世，能够和关羽、张飞相匹敌。接下来的四句，"汉水功勋在，当阳姓字彰。两番扶幼主，一念答先皇"，概括了赵云一生的主要功绩。这里选取了当阳单骑救主和汉水截江夺主两个典型事件，重点刻画了他勇猛无敌、恪尽职守、舍生忘死的形象，突出了他的忠心不渝、有胆有识。最后"青史书忠烈，应流百世芳"则直抒胸臆，称赵云的英雄事迹和忠义精神将彪炳史书，流芳百世。

# 第九十九回

## 张苞之死

悍勇张苞欲建功，可怜天不助英雄！
武侯泪向西风①洒，为念无人佐鞠躬②。

**注 释**

①西风：张苞病死在成都，诸葛亮在汉中作战，听到噩耗，故向西哀悼。
②佐：帮助。张苞年轻而夭，使诸葛亮丧失一良将，故用"无人佐鞠躬"婉转表达。

**赏 析**

张苞乃张飞之子，是年轻有为的虎将。诸葛亮第三次北伐，张苞因追赶魏将郭淮、孙礼，"不期连人带马，跌入涧内"。当他被救起，便送往成都养病。不久，张苞因伤势过重而死。噩耗传来，诸葛亮万分悲痛，因此还大病一场。这首诗围绕张苞之死，写了对张苞的评价，又表现了诸葛亮的悲痛，还指明了张苞之死对蜀汉的影响。

第一句直言张苞剽悍勇猛，胸怀大志。第二句"可怜天不助英雄"，在称颂

张苞为英雄的同时，也表达对英雄身死的痛惜。第三句"武侯泪向西风洒"表现了诸葛亮听闻噩耗的悲痛。张苞年轻有为，雄姿英发，是蜀汉不可多得的猛将，又是诸葛亮的子侄辈，深受诸葛亮器重和疼爱。张苞的死对诸葛亮是一种沉重打击。一向睿智多谋、镇定从容的诸葛亮也悲从中来，不可抑制，泪洒西风。末句"为念无人佐鞠躬"则写出了张苞之死对蜀汉的重要影响。当时蜀汉老一辈将领多已战死或病逝，而北伐大业正是用人之际，所谓"良将难求"，却偏在此时折损了一员虎将，实在令人悲痛。

# 第一百〇一回

## 木门道上射雄兵

伏弩<sup>①</sup>齐飞万点星，
木门<sup>②</sup>道上射雄兵。
至今剑阁<sup>③</sup>行人过，
犹说军师<sup>④</sup>旧日名。

**注释**

①伏弩：弩，一种利用机械发箭的弓。伏弩，埋藏的弓箭手。
②木门：古地名，地属天水郡西县。在今甘肃礼县东北，漾水北岸。
③剑阁：即剑门道。
④军师：诸葛亮。

**赏析**

　　"伏弩齐飞万点星，木门道上射雄兵。"诸葛亮在五伐中原，与魏军初战获胜。司马懿后采取坚壁不战的策略，双方相持数月。突然诸葛亮收到李严关于东吴兴兵犯蜀的告急文书，于是，马上安排退兵，并在退军之时设下木门道射杀司马懿之计。结果，张郃误入陷阱，被射死在木门道。

　　张郃是三国时的名将，为曹魏政权出生入死，立下汗马功劳。

历仕三代，深受魏主的器重。就连刘备、诸葛亮也十分重视这位敌将。曹、刘争夺汉中大战之时，葭萌关告急，诸葛亮原打算从阆中调张飞来敌张郃，而法正认为阆中也是重镇，不如帐下诸将内选一人去破张郃。诸葛亮笑曰："张郃乃魏之名将，非等闲可及。除非翼德，无人可当。"黄忠不服，自告奋勇，"愿斩张郃首级，献于麾下"。诸葛亮说："汉升虽勇，争奈年老，恐非张郃对手。"这话虽含有激将之意，但也可以看出诸葛亮是把张郃视为"万人敌"之将才。定军山一战，黄忠斩了曹军统帅夏侯渊，而刘备却认为："夏侯渊虽是总帅，乃一勇夫耳，安及张郃？若斩得张郃，胜斩夏侯渊十倍也。"此时三国鼎立初期的一代英才豪杰渐渐退出历史的舞台，蜀汉的"五虎将"都先后去世，像张郃这样智勇双全的将才，尤其显出对蜀汉的威胁。诸葛亮三伐中原，见张郃在"万军之中，往来冲突，英勇倍加，乃谓左右曰：'尝闻张翼德大战张郃，人皆惊惧。吾今日见之，方知其勇也。若留下此人，必为蜀中之害。吾当除之。'"

五伐中原蜀军退兵后，司马懿大喜，问："谁敢追之？"张郃应声前往，与魏延杀得性急，误入诸葛亮的伏计。"此时天色昏黑，一声炮响，山上火光冲天，大石乱柴滚将下来，阻截去路。郃大惊曰：'我中计矣！'急回马时，背后已被大石塞满了归路，中间只有一段空地，两边皆是峭壁，郃进退无路。忽一声梆子响，两下万弩齐发，将张郃并百余个部将，皆射死于木门道中。"

# 第一百○二回

## 关兴之死

生死人常理，蜉蝣①一样空。
但存忠孝节，何必寿乔松②。

### 注 释

①蜉蝣：虫名，其成虫的生存期极短。
②乔松：即王子乔和赤松子，传说中的仙人，长寿。

### 赏 析

诸葛亮准备第六次北伐，"忽报关兴病亡。孔明放声大哭，昏倒于地，半晌方苏。众将再三劝解，孔明叹曰：'可怜忠义之人，天不与以寿！我今番出师，又少一员大将也！'"

"生死人常理，蜉蝣一样空。"生死由命，人皆知之。像关兴这样年轻有为的将才，英年早逝，令人叹惋。这首诗没有写关兴的将才和功绩，只强调了"但存忠孝节，何必寿乔松"。把关兴之死作为宣扬和教化忠孝的封建伦理道德的载体，体现了此诗立意。

关兴之死不仅带给诸葛亮沉痛的打击，也带给蜀汉王朝几近无将可用的尴尬和悲哀。但这首诗读来却另有一种看淡生死的豁达与洒脱，给人大气昂扬、大义生死的感觉，很耐人寻味。

# 木牛流马

剑关①险峻驱流马，斜谷崎岖驾木牛②。

后世若能行此法，输③将安得使人愁？

## 注 释

①剑关：即剑门关。地处剑门镇三十公里，境内大剑山峭壁中断，两崖相对如门，群峰
陡峭如剑，称"剑门关"。
②木牛：与上一句"流马"，同义反复，指木牛流马，是一种运输工具。相传为诸葛亮
所创制的两种不同规格的四轮车。木结构，用人推拉。蜀军靠此运送粮草。斜谷：陕
西终南山的北谷口名。南口叫褒，北口叫斜，是关中到汉中的主要道路。
③输：输送，引申为供给。

## 赏 析

相传木牛流马是诸葛亮发明的一种运输粮草的交通工具，在战争
中起到了至关重要的作用。这是赞颂木牛流马的一首诗。

"剑关险峻驱流马，斜谷崎岖驾木牛。"这两句以互文的手法
写出了木牛流马的神奇与便利。粮草是古代战争中关系胜败的重要
因素，尤其是远道攻伐或长期作战，粮草的运输无疑是个无法回避
的大问题。诸葛亮制作的木牛流马能在崎岖险峻的山路上载着粮食
灵活行走，更不用说一马平川的地方了。这么神奇的运输工具，在
当时算得上是巧思绝作
了。"后世若能行此法，
输将安得使人愁？"以反
问作结，增强语气，掷地
有声，感慨中显评价，议
论中有惊叹，巧妙地凸显
了木牛流马的重要作用。

# 第一百〇三回

## 火烧司马计不遂

谷口风狂烈焰飘，何期骤雨降青霄[①]。

武侯妙计如能就，安得[②]山河属晋朝！

### 注释

①何期：何，怎么；期，料想。青霄：青天、高空。
②安得：哪里。

### 赏析

　　"谷口风狂烈焰飘"，写出了上方谷风狂火烈的危险情势。司马懿带兵进入谷内，蜀兵从山上投下无数火把，魏兵奔逃无路，眼看就要葬身火海。不料"骤雨降青霄"，浇灭了满谷大火，司马懿父子绝处逢生，诸葛亮只能无奈地叹惜。而"武侯妙计如能就，安得山河属晋朝"两句，诗人提出假想：如果当时诸葛亮的计谋能够成功，除去司马懿，"兴复汉室"的大业最终一定可以实现，也就不会由司马氏建立的晋朝统一天下了。这两句表达了对蜀国最终灭亡，晋朝统一天下的不满和遗憾。其中，"妙计""安得"与第二句的"何期"遥相呼应，体现出诗人鲜明的情感态度。

　　诗歌前两句写诸葛亮火烧司马懿之计没有成功，后两句抒发感慨，流露出遗憾之情。

# 第一百〇四回

## 诸葛亮之死

长星①昨夜坠前营，讣报②先生此日倾。

虎帐不闻施号令，麟台③惟显著勋名。

空余门下三千客④，辜负胸中十万兵。

好看绿阴清昼里，于今无复雅歌⑤声！

**注释**

①长星：彗星的别名。

②讣报：报丧。

③麟台：即麒麟阁，西汉未央宫中有一座专给功臣画像的楼阁。这里喻示诸葛亮在蜀汉功臣中功勋卓著、英名长存。

④三千客：战国时代四公子广延宾客，信陵君、孟尝君、平原君、春申君都号称有门客三千，人才济济。

⑤雅歌：《诗经》中的雅诗。

**赏析**

诸葛亮屯兵五丈原，司马懿坚守不出。陆逊与蜀军相约，夹攻魏军，但进取不利，无功而退。诸葛亮"听知此信，长叹一声，不觉昏倒于地"。这天夜晚，诸葛亮"扶病出帐，仰观天文"，自知："吾命在旦夕矣！"于蜀汉建兴十二年（234）秋八月二十三日而亡，年寿五十四岁。

巨星陨落，贤相逝世。诸葛亮活跃在三国历史的舞台上整整二十七年，从"定三分隆中决策"至"陨大星汉丞相归天"，《三国演义》用了六十六个章回对其进行描写，占全书一半以上的篇幅。其间正是三国鼎立形成和发展的历史时期，是曹操、刘备、孙权三方直接伐兵交战最紧张、最激烈的重要阶段，诸葛亮在三分天下的历史演进中，成为社稷的栋梁，激流的砥柱，巨轮的轴心。"门下三千客""胸中十万兵"，他的所作所为，几乎都牵动着全局，构成了《三国演义》最精彩的篇章。对这样一位支撑《三国演义》整个艺术结构的真正主角，其归天，调动各个角度的投影，烘托悲情、悲景、悲语、悲声、悲思，让他在宁静秀美中离去。

# 咏 史

先生晦迹①卧山林，三顾那逢圣主寻。

鱼到南阳方得水②，龙飞天汉便为霖③。

托孤既尽殷勤礼，报国还倾忠义心。

前后出师④遗表在，令人一览泪沾襟。

## 注释

① 晦迹：隐居。

② 鱼到南阳方得水：《三国志·诸葛亮传》："孤之有孔明，犹鱼之有水也。"鱼比喻刘备，水比喻诸葛亮。

③ 天汉：银河。霖：雨。为霖，降雨。

④ 前后出师：后主建兴五年（公元227年）出师北伐，诸葛亮上表，即《前出师表》；后主建兴六年（公元228年）冬，再次上表出师，即《后出师表》。

## 赏析

这首诗概括诸葛亮一生，分为两个阶段。第一阶段写诸葛亮躬逢明主，君臣相契，大展宏志；第二阶段写诸葛亮肩负托孤之重，竭尽忠诚，至死方休。起点是明君贤相相遇合，"鱼到南阳方得水，龙飞天汉便为霖"。二十七个年年岁岁，诸葛亮为开创蜀汉的基业，殚精竭智，运筹帷幄，历经百战。尤其是刘备托孤以后的十一年，诸葛亮受命于危难之中，独挡风雨，力挽狂澜。六次北伐，饱尝艰辛，无时不在为光复汉室而"报国还倾忠义心"。可以说，诸葛亮的一生始自"隆中对"，终至"出师表"。这是一条坚定的政治路线，是一条为之奋斗的光辉路程。

"托孤既尽殷勤礼，报国还倾忠义心。"前说刘备，后句说诸葛亮。刘备托孤不同他人，不仅说话透辟，而且情义深切。诸葛亮拜伏龙榻之下，听受遗命。刘备先是请诸葛亮坐于龙榻之侧，继之泣曰："君才十倍曹丕，必能安邦定国，终定大事。若嗣子可辅，则辅之；如其不才，君可自为成都之主。"诸葛亮听后，"汗流遍体，手足失措，泣拜于地曰：'臣安敢不竭股肱之力，尽忠贞之节，继之以死乎！'言讫，叩头流血"。刘备"殷勤礼"已尽，尽到了当面让诸葛亮"取而代之"。刘备真聪明，明知死后之事无法管控，不如当面说透，说祥尽而且说得有理有情有义。作为臣子的诸葛亮"忠义心"须倾，倾到了"鞠躬尽瘁，死而后已"的地步。

# 孔明庙赞

拨乱①扶危主，殷勤受托孤。

英才过管乐②，妙策胜孙吴③。

凛凛④《出师表》，堂堂八阵图⑤。

如公全盛德⑥，应叹古今无！

## 注释

①拨乱：是说诸葛亮在豪强争霸的动乱年代中，辅佐危难之中的刘备讨贼复汉。
②管乐：即管仲、乐毅，春秋时齐国和燕国的著名军事家和政治家。
③孙吴：孙武、吴起。春秋战国时的著名军事家。
④凛凛：严肃、庄重。
⑤八阵图：古代的一种战阵布置方法。
⑥如：像。全：完备。

## 赏析

　　诸葛亮之死，作者接连设置了三首诗。每首诗的意境各不相同，第一首描写巨星陨落，大才骤逝，哀哉痛哉；第二首意在铺叙诸葛亮辉煌业绩，颂扬其忠义报国；第三首则是涵盖诸葛亮忠君、将略、治术、修身集于一身的伟大人格，这是其可敬可叹、可歌可泣的根本所在。这三首诗并不是简单地插入情节之中，而是依照每首诗的意境透视出的思想意蕴，层层深入，从而表达出对诸葛亮完美人格的礼赞。

　　元稹这首咏史诗的艺术特征正符合小说家艺术构思的需要，而被选用到了情节里。它没有按照时间顺序记叙史实，而是概括了诸葛亮伟大人格的具体表现："英才过管乐，妙策胜孙吴。凛凛《出师表》，堂堂八阵图。"其理政之才、治军之术、用兵之策显示出大智大才，是与诸葛亮的道德为人融为一体的。不然，功勋盖世的曹公、周郎、司马懿以及大批身手不凡的文臣武将，与之相比，都黯然失色，原因何在？其关键在于他们都缺乏诸葛亮胸怀博大、磊落奉公、鞠躬尽瘁、忠义报国的高风亮节。诸葛亮的人格是道德与智慧的结合，是在自我实现的基础上走向完美的。"拨乱扶危主，殷勤受托孤。"诸葛亮从一出山便把自己的全部生命系之于蜀汉事业，积劳于政务，献身于沙场，其鞠躬尽瘁的精神闪光夺人。连魏主都不得不感叹地说："刘玄德在白帝城病危，以幼子刘禅托孤于孔明，孔明因此竭尽忠诚，至死方休……"

　　诸葛亮的人格昭示出的文化意义和审美理想，是中华民族历史文化的一个表征。他所具有的人格魅力，所焕发的人格力量，后世不论地位显赫的人还是底层人民，不论文人墨客还是俗民百姓，无不为之景仰和倾倒。元稹诗的最后一联正表达这种情感："如公全盛德，应叹古今无！"

# 第一百〇五回

## 蜀　相

丞相祠堂①何处寻，锦官城②外柏森森。

映阶碧草自春色，隔叶黄鹂空好音。

三顾频烦③天下计，两朝开济④老臣心。

出师未捷⑤身先死，长使英雄⑥泪满襟！

### 注　释

①丞相祠堂：成都武侯祠。
②锦官城：成都以产锦著名，古代曾在此设官专理此事，故有"锦官城"之称。柏森森：
　古柏繁密，苍翠连阴。
③频烦：屡次请教烦劳。
④开济：开，开创；济，匡济。指创业和治国。
⑤出师未捷：指北伐中原、复兴汉室的壮志未酬。
⑥长：永远，经常。英雄：后起有志之士。

### 赏　析

　　这是杜甫写的一首七律，熔情、景、议于一炉，抒发对诸葛亮才智、品德的崇敬和对诸葛亮功业未遂的感慨，蕴藉深厚，寄托遥深。

　　前四句写祠堂之景，后四句写丞相之事。首联开门见山，一问一答，点出了祠堂所在。颔联借武侯祠内的清幽肃穆衬托祠堂的荒凉冷寂，碧草映阶足见草深，黄鹂隔叶足见树茂，空作好音凸显无人游赏，冷清寂静。其中，一"空"一"自"含意丰富，写了碧草与黄鹂并不理解人事的变迁和朝代的更替，也表明了后人对武侯祠的遗忘和冷落。颈联从刘备求贤若渴、诸葛亮图报赤诚两方面突出诸葛亮的才与德，以"天下计"显雄才大略，以"老臣心"表忠心报国，沉挚悲壮。其实，从"天下计"到"老臣心"，就是从"隆中对"到"六出祁山"，这不就是诸葛亮一生的写照吗？尾联则叹惜他壮志未酬身先死的结局，并发出"长使英雄泪满襟"的感慨，写出了诸葛亮的事迹和精神对后人的深远影响，也表现了杜甫怀古伤今的叹惋和感伤。

# 咏怀古迹五首·其五

诸葛大名垂宇宙，宗臣遗像肃清高[1]。

三分割据纡筹策[2]，万古云霄一羽毛[3]。

伯仲之间见伊吕[4]，指挥若定失萧曹[5]。

运移汉祚终难复[6]，志决身歼军务劳[7]。

## 注 释

[1]宗臣：宗，尊崇。为人崇仰的大臣。肃：俨然，巍然。

[2]纡筹策：纡，曲折，引申为周密。费心周密地规划谋略。

[3]万古：万古罕见。云霄羽毛：比喻鸾凤高翔，独翱云霄。

[4]伯仲：本指兄弟之间，这里比喻不相上下，可堪匹敌。见：犹有。伊吕：伊尹和吕尚。伊尹辅佐周文王、周武王推翻殷商，建立周朝，治理天下。

[5]若定：胸有成竹，从容稳健。失，使之失色。萧曹：萧何、曹参，为西汉开国重臣。

[6]运移汉祚：运，命运；祚，帝位。意思是汉朝气运已尽，皇统地位终难恢复。

[7]身歼：以身殉职。军务劳：军务劳累。

## 赏析

这是杜甫《咏怀古迹五首》中的第五首诗。诗人以激情昂扬的笔触，对诸葛亮的雄才大略进行了热烈的颂扬，对其壮志未遂叹惋不已！

它从进祠、瞻像到叙事、评论，层层推进，高妙而有情韵。开篇两句如异峰突起，笔力雄放，直接将诸葛亮放到了"名满寰宇，万世不朽"的高度。其中，"宗臣"二字总领全诗。颔联、颈联则以洗练的诗句高度概括了诸葛亮的文治武功。"三分割据纡筹策，万古云霄一羽毛"侧重表现他的不朽功绩，"伯仲之间见伊吕，指挥若定失萧曹"侧重表现他的非凡才能。这两联表达了诗人对诸葛亮的极度崇敬和赞美，逐渐将情感推向高潮。尾联蓄势已足，奏出了感人肺腑的最强音——"运移汉祚终难复，志决身歼军务劳"。诗人感慨诸葛亮生不逢时，即使有满腔抱负、稀世才能，也终究壮志未酬，不能恢复汉室，反而因军务繁忙，积劳成疾，死于征途。这既是对诸葛亮"鞠躬尽力，死而后已"高尚品节的赞歌，也是对英雄未遂平生志的深切叹惋。

# 第一百〇八回

## 孙权之死

紫髯碧眼①号英雄，能使臣僚肯尽忠。

二十四年②兴大业，龙盘虎踞在江东③。

**注 释**

①紫髯碧眼：《三国演义》第二十九回介绍孙权相貌："生得方颐大口，碧眼紫髯。"

②二十四年：从吴黄龙元年（公元 229 年）孙权正式建立吴国，到其于吴太元二年（公元 252 年）逝世，做东吴皇帝整整二十四年。

③龙盘虎踞：喻金陵地势的雄壮险要。江东：长江自西向东流，流至今安徽境内，则偏北斜流，至江苏镇江又东流而下。古代称这段江路东岸之地为江东。孙权东吴偏左江东，又泛指东吴。

**赏 析**

　　吴太元二年（252）四月，孙权病逝于建业宫中。时年七十一岁。

　　这首诗以凝练地概括了孙权的一生。"紫髯碧眼号英雄"勾勒出孙权不凡的相貌：他生得方颐大口，碧眼紫髯，一副帝王之相。孙权出掌江东期间，十分重视人才，敢于破格提拔青年才俊，使得东吴人

才荟萃、文武咸集，形成了"能使臣僚肯尽忠"的局面。而"二十四年兴大业，龙盘虎踞在江东"则概括了孙权的不朽功业。他在龙争虎斗、群雄逐鹿的政治舞台上活跃了五十三年，其中称帝二十四年，凭借长江之险，坐镇江东，与蜀国、魏国三分天下，鼎足而立。

这首诗抓住了孙权的相貌特点、领导才能和最终成就大笔勾勒，展现了孙权作为政治家和战略家的风采。

# 第一百〇九回

## 妙算姜维不等闲

妙算姜维不等闲，魏师受困铁笼①间；
庞涓始入马陵道②，项羽初围九里山③。

**注 释**

①铁笼：即铁笼山，在今甘肃礼县南。
②庞涓始入马陵道：周显王二十七年（公元前342年），魏国与赵攻打韩国，韩国向齐国求救。齐田忌为将，孙膑为师，起兵攻魏。次年齐用孙膑计，以逐日减灶制造齐军大量逃亡的假象，迷惑敌人，引诱追击。待魏军追到马陵险要地方，齐军万弩齐发，全歼魏军十万。魏将庞涓被迫自杀。马陵道：在今河南范县西南。
③九里山：又名九嶷山，在江苏徐州市北。峰峦东西连亘，长约九里，因此得名。传说韩信进攻项羽，由此进军。

**赏 析**

姜维承诸葛亮之遗志，北伐中原。"妙算姜维不等闲，魏师受困铁笼间。"这次出师，一开始就遇上魏军大将徐质，其英勇过人，蜀军无人可挡。姜维说："吾见魏兵累次断吾粮道，今却用此计诱之，可斩徐质矣。"部署停当后，闭寨不出。即使徐质连日挑战，只是不应。在铁笼山后，用木牛流马搬运粮草，"示形"于敌。果不出所料，司马昭与徐质说："昔日所以胜蜀者，因断彼粮道也。今蜀兵在铁笼山后运粮，汝今夜引兵五千，断其粮道，蜀兵自退矣。"于是，徐质去劫持蜀军粮草，蜀兵尽弃粮草而走。徐质引军追赶，进入蜀兵伏击圈，被蜀军杀死。这在三十六计中叫作"抛砖引玉"。

"抛砖"，作为一种示形于敌的战术伪装，主要表现为小部队或次要方向上的佯动。目的在于能引出"玉"来，其关键是抓住敌人的心理，诱使敌人做出错误的判断，以佯当真。

徐质已死，余兵尽降。蜀将夏侯霸"将魏兵衣甲马匹，令蜀兵穿了，就令骑坐，打着魏旗号，从小路径奔回魏寨来"。"蜀兵就寨中杀起。"外面，前有廖化，后有姜维，一同杀来。司马昭大惊，"只得勒兵上铁笼山据守"。此计叫作："混水摸鱼。"以假乱真，伪装成敌兵为主力部队的正面攻击创造有利的条件，使之互为呼应。姜维二计并用，将司马昭困在铁笼山上。小说家在诗中用历史上两个著名的战例——"庞涓始入马陵道，项羽初围九里山"，对姜维用计做了高度的赞扬。

# 第一百一十回

## 又见文鸯胆气高

长坂当年独拒曹，子龙从此显英豪。
乐嘉①城内争锋处，又见文鸯②胆气高。

**注 释**

①乐嘉：地名，属曹魏南郡南顿县。在今河南周口东南颍水南岸。

②文鸯：魏扬州刺史文钦之子。

### 赏析

　　高平陵之变后，司马懿和他的儿子司马师、司马昭独专朝政。后来，将领毋丘俭与昔日曹爽门客、扬州刺史文钦举兵讨伐司马师。文钦的儿子文鸯智慧超群、武力绝人，被任命为先锋。对战中，因敌兵势大，部下兵将各自逃散，文鸯只能单骑突围。在乐嘉桥边，他勇猛无敌，杀退魏兵后，回过头去缓缓而行，神态安然。魏将连续追杀了四五次，都被文鸯杀退。

　　这首诗文辞简约，对比烘托恰到好处。前两句赞颂当年长坂坡上赵云单骑救主的威武风姿，并以此做铺垫，引出后两句称颂文鸯单骑退雄兵的胆略勇武和从容镇定："乐嘉城内争锋处，又见文鸯胆气高。"这与小说情节互为补充，浑然一体。

# 第一百一十二回

## 忠臣矢志不偷生

忠臣矢志不偷生，诸葛公休①帐下兵，
《薤露》②歌声应未断，遗踪直欲继田横③！

### 注释

①公休：诸葛诞，字公休。
②薤露：原意指薤叶上的露水，转瞬即干。用于形容人命短促。
③遗踪：遗迹。田横：秦末，先后称齐王的田氏兄弟田横等，深受部属拥戴。汉灭齐
后，田横自杀，随从他逃亡的五百余名部下，"闻田横死，亦皆自杀"。后此典用作
生死同心，壮士殉主。

### 赏析

司马昭讨伐诸葛诞，攻破寿春城，"将诸葛诞老小尽皆枭首，灭其三族。武士将所擒诸葛诞部卒数百人缚至。昭曰：'汝等降否？'众皆大叫曰：'愿与诸葛公同死，决不降汝！'昭大怒，叱武士尽缚于城外，逐一问曰：'降者免死。'并无一人言降。直杀至尽，终无一人降者。昭深加叹息不

已，令皆埋之"。

　　此诗把无一投降的诸葛诞部卒与四百年前田横五百义士相比，颂扬诸葛诞部卒舍生取义、杀身成仁的民族气节。且诗意而含蓄地化为审美感受去表现。当年，忠于齐王的田横，宁愿自杀，也不愿投降刘邦。当五百义士得知田横已死，大家唱起挽歌："薤上朝露何易晞！露晞明朝更复落，人死一去何时归？"低切悲沉的歌声，震天动地，那场面是何等的悲壮！五百义士越唱越悲哀，最后就一个个都自杀了，血染孤岛。

# 第一百一十四回

## 潜龙诗

伤哉龙受困①，不能跃深渊②。
上不飞天汉③，下不见于田④。
蟠居于井底，鳅鳝⑤舞其前。
藏牙伏爪甲，嗟我亦同然⑥！

### 注释

①伤哉龙受困：比喻圣人处于下位，未能显达。
②不能跃深渊：喻受制于人。
③上不飞天汉：喻居王位而不能掌皇权。
④下不见于田：喻受人挟制，不能自由。
⑤鳅鳝：泥鳅和黄鳝。比喻小人。
⑥同然：一样。

### 赏析

    在司马师废掉魏主曹芳、杀死张皇后的宫廷政变背景后，迎立曹髦当皇帝。从此，司马师"入朝不趋，奏事不名，带剑上殿"，魏国政权完全落入司马氏之手。曹髦只不过是司马师的逐牵线木偶罢了。因而，从一开始，曹髦就痛感魏室衰微，大权旁落。随着司

马昭篡逆之心日渐昭彰，先有
镇东将军毋丘俭、扬州刺史文
钦带兵讨贼，后有诸葛诞义讨
司马氏，但均遭失败，朝野上
下都很明白曹氏皇位形同虚
设。在这种政治环境中，曹髦
写出《潜龙诗》自讽自嘲，形
象地表达了他的内心世界。用
潜龙比喻曹髦这个既有皇上名
义，又毫无权力的境况，是很恰当的。受困之龙，"蟠居于井底"，
竟有贼臣佞子，欺君罔上，仿佛"鳅鳝舞其前"。诗的最后一联，
卒彰显其志，潜龙就是"我"。

　　曹髦、司马昭、贾充的心理和活动都围绕这首诗表现出来了，
构成弑篡阴谋的典型细节，出现在曹魏大权旁落、司马氏篡位之心
已久的情节中。它所给人的就不单单是诗本身的含义，而拓开了更
深广的意蕴，深刻地反映了三国时期君臣权力再分配的政治斗争。

# 王经之死

汉初夸伏剑[①]，汉末见王经。
真烈心无异，坚刚志更清。
节如泰华重[②]，命似鸿毛轻。
母子声名在，应同天地倾[③]。

**注　释**

①伏剑：王陵是刘邦部下的将领。楚汉交战时，项羽抓捕王陵的母亲，要她招降其子。
　王母大义凛然，为了让王陵一心一意跟随刘邦，便用剑自尽身亡。
②泰华：即东岳泰山和西岳华山。
③倾：依。

## 赏析

曹髦不甘受司马氏挟制，决定带宫人讨伐司马昭。当然，这无异于以卵击石。虽然王经苦谏，但曹髦不听。事败后，王经因知情不报，与其母一同被处死。

这是一首赞颂王经母子坚守气节的诗。"伏剑"与"王经"对举，用王陵之母大义生死来烘托王经的耿介忠贞、正道直行。接下来四句诗集中表现了王经的人格和气节，称赞他忠诚清正，舍生取义，视死如归。尤其是"节如泰华重，命似鸿毛轻"两句，巧妙取譬，以"泰华"与"鸿毛"构成一组意象，对比鲜明，轻重立判，意旨突出。王经全家均被收捕，王经对着母亲叩头痛哭，自责连累了母亲，母亲却说死得其所，没有遗憾，最终母子含笑赴死，百姓无不落泪！诗的最后两句"母子声名在，应同天地倾"，直抒胸臆，赞叹感佩，又起到了照应开头的作用。

# 第一百一十七回

## 偷渡阴平

阴平①峻岭与天齐，玄鹤徘徊尚怯②飞。
邓艾裹毡从此下，谁知诸葛有先几③。

**注释**

①阴平：郡名。属蜀汉益州。治所阴平县，在今甘肃文县西。
②怯：胆小、害怕。
③先几：几，预示事物即将出现的细微征兆。

**赏析**

这是赞颂邓艾有勇有谋、身先士卒的一首诗。蜀魏战场出现僵持局面时，魏国大将邓艾偷渡阴平，奇袭成功。

"阴平峻岭与天齐，玄鹤徘徊尚怯飞。"这两句是说此处崇山峻岭与天比高，玄鹤胆怯，不敢飞越。通过"天""玄鹤"等意象进行对比烘托，夸张而形象地描写了阴平山势的高和险。大军行至此处，"峻壁巅崖，不能开凿"，无法通过，66岁的邓艾裹上毡子，毫不犹豫地滚了下去，

身先士卒的精神令人肃然起敬。他的勇气激励了全军将士，军士都一个跟着一个滚下来了。而"谁知诸葛有先几"又为小诗增添了几分神秘色彩，也为后文情节埋下了伏笔。原来，邓艾等人翻过了摩天岭，看见道旁有一块诸葛亮生前题写的石碣，刻着："二火初兴，有人越此；二士争衡，不久自死。"邓艾灭蜀后，因居功自傲，被司马昭猜忌和钟会等人妒恨，最终惨遭杀害，应了碑上所刻文字。

# 第一百一十八回

## 刘谌之死

君臣甘屈膝，一子独悲伤。
去矣西川事，雄哉北地王<sup>①</sup>！
捐身酬烈祖，搔首泣穹苍<sup>②</sup>。
凛凛人如在，谁云<sup>③</sup>汉已亡？

**注 释**

①北地王：后主刘禅第五子刘谌，封北地王。
②搔首：搔，用指甲抓挠。心绪烦乱的动作。穹苍：苍天。
③谁云：谁说。

**赏 析**

　　这首诗赞扬了蜀汉后主刘禅投降之际，其子刘谌宁死不辱的气节和风骨。当时，魏国大举伐蜀，邓艾大军兵临城下，大臣谯周主张向魏投降。刘禅之子刘谌怒斥谯周，请求守城，与魏兵决一死战，可惜刘禅不听。"一子独悲伤"中，"独"字极有表现力，在皇帝和满朝文武俱主张投降的背景下，刘谌的声音是另类而微弱的，他空有一腔报国之志，却无法施展，回天乏力，只能眼睁睁地看着大好的祖宗基业被生生葬送！多么心酸悲愤，多么无奈无助！"去矣西川事，雄哉北地王！"虽然蜀汉被灭，但刘谌的形象越发雄壮，他以单薄的血肉之躯，为后人铸就了一座忠义的丰碑。听闻刘禅送出玉玺投降邓艾，他到昭烈庙痛哭一场，自杀殉国。刘谌虽死犹生，真是"凛凛人如在，谁云汉已亡？"

# 后主出降

魏兵数万入川来，后主偷生失自裁①。
黄皓终存欺国意，姜维空负济时才。
全忠义士心何烈，守节王孙志可哀。
昭烈②经营良不易，一朝功业顿成灰。

## 注 释

①自裁：自杀。
②昭烈：指刘备，其死后谥为昭烈皇帝。

## 赏 析

　　诗的前两联写亡国之因。首联写魏兵来犯，后主投降之事。"入川"和"偷生"言约义丰。没有刀光剑影的恶战，没有胶着难解的厮杀，魏兵轻而易举就进入西川。也正因为"入川"的衬托，"偷生"二字更意蕴分明。第二联刻画了两个人物，一是奸佞宦官黄皓，一是忠心大将姜维。奸臣兴风作浪，独断专权；忠臣却被迫去沓中屯田避祸。诗句的字里行间弥漫着叹惋之情。

　　后两联抒发亡国之恨。先写面对降魏一事，蜀军各阶层的反应。又结合历史进行评述，抒发亡国之恨。"良不易"和"顿成灰"形成鲜明对比，沉痛的悼亡中满是悲怆的感慨！想当年，刘备戎马一生，诸葛亮鞠躬尽瘁，关、张等将领出生入死，君臣众志成城，披荆斩棘，励精图治数十年，才创下了这蜀汉基业，着实不易！然而，后主竟不战而降，使"一朝功业顿成灰"，岂不可悲可叹！

开篇起语平淡，落笔作结凝重，其情、其痛、其悲层层铺开，逐渐渲染，感人至深。

# 筹笔驿

鱼鸟犹疑畏简书①，风云长为护储胥②。
徒令上将③挥神笔，终见降王④走传车。
管乐有才真不忝⑤，关张无命欲何如！
他年锦里经祠庙⑥，《梁父》吟成恨有馀！

## 注 释

①简书：即军令文书。
②储胥：军队驻扎时设以防卫的藩篱和木栅。
③上将：指诸葛亮。
④降王：后主降晋封为王。传车：驿车。
⑤管乐：管仲、乐毅。忝：愧。
⑥他年：犹言将来。锦里：成都城南，即武侯祠所在地。

## 赏 析

首联想象奇特，运用拟人手法，说鱼鸟畏惧诸葛亮治军严明，风云看护他军垒的藩篱栏栅，衬托了诸葛亮的神威。中间两联则赞颂了诸葛亮的雄才大略，也指出了他功业未就的原因。其中，"徒令"与"终见"，一出一对，令人唏嘘。尾联则赞颂中含钦慕，歌咏中显遗恨，表达了诗人对诸葛亮功业未成的无限遗憾和深切悲痛。

这是诗人途经筹笔驿而作的怀古诗，表达了对诸葛亮的崇敬和对他未能统一中原的遗憾。

　　值得一提的是，为了凸显诸葛亮的神威与才能，诗人运用了"抑扬交替"的手法集中表现"恨"字。诸葛亮智谋无双，然而后主庸碌昏聩；诸葛亮才华超群，然而良将后继乏人。首联是"扬"，颔联是"抑"；颈联出句是"扬"，对句是"抑"。抑扬交错，跌宕起伏，文意连属，一以贯之。

# 第一百一十九回

## 邓艾之死

自幼能筹画，多谋善用兵。

凝眸①知地理，仰面识天文。

马到山根断，兵来石径分②。

功成身被害，魂绕汉江云③。

**注 释**

①凝眸：眼神集中，不流动。

②"马到"二句：这两句诗概括了邓艾偷渡阴平之艰难。从阴平到江油七百多里，都是荒无人烟的崇山峻岭，深谷绝壁，无路可走，所以形容其"马到山根断"。但邓艾率领将士们凿山开路，架桥造阁，使险途出现"兵来石径分"。

③汉江：即汉水，长江的支流，源出陕西省西南部。汉江云，正是陕西西南省上空，笼罩在下面的是魏国都城长安。犹言阴魂不散，环绕长安。

**赏 析**

　　这首诗借邓艾被害，概述了他一生的特点和功勋，表达了对功臣遭杀的同情。邓艾军事才能卓越，奇袭阴平，深入蜀汉腹地，一举攻灭蜀国。邓艾灭蜀后，遭钟会谗言，被疑忌成性的司马昭收捕。押送路途中，又被借机报仇的田续所杀。

　　"自幼能筹画，多谋善用兵。"邓艾自幼失去了父亲，家境十分贫困，但他却有高远的志向。十二岁随母亲去颍川，看到汉桓帝时曾任太丘长的陈寔碑文中有"文为世范，行为士则"二句，非常倾慕，便把自己的名字改为"范"，字改为"士则"。后来因与族人名相重，他只好又改了回来。长大以后，邓艾虽然身为微贱的小吏，却志向远大。看到三国鼎足，连年争战，便努力钻研兵法。"每见高山大泽，辄规度指画军营处所。"周围的人看到他俨然像一位大将军，察地形，扎军营，都讥笑他，可他并不在意。长年累月的注重考察，学习兵法，使他积累了丰富的人文地理知识，"凝眸知地理，仰面识天文"。这也为他在魏蜀战争中料敌如神、屡建战功提供了丰富的资本。

诗的后四句分两层意思："马到山根断，兵来石径分。"描绘偷渡阴平之艰难，从阴平到江油七百多里，邓艾率领战士凿山开路，攀木缘崖而进，一路历尽艰难。"功成身被害，魂绕汉江云。"邓艾与钟会并驾齐驱挂帅征蜀，而钟会所忌惮者只有邓艾。特别是邓艾偷渡阴平成功，一举灭蜀，功盖钟会，引起钟会的强烈忌恨。邓艾此时据成都以功自矜，又招致了司马昭对他的猜疑。姜维紧紧抓住钟会的嫉恨和司马昭的疑忌，从中离间，乘机利用，他为钟会出谋说："乘晋公疑忌之际，当急上表，言艾反状；晋公必令将军讨之，一举可擒矣。"钟会依言进表，言邓艾专权恣肆，结好蜀人，早晚必反。司马昭见表章大怒，令人收捕邓艾。不久，邓艾在押送的途中又被田续报私仇而杀掉。邓艾死于魏景元五年（264），直到十年后，晋泰始九年（273）司马炎才下诏，为其昭雪，所以用"魂绕汉江云"，表达对其冤情的同情。

## 钟会之死

髫年①称早慧，曾作秘书郎②。

妙计倾司马，当时号子房③。

寿春多赞画④，剑阁显鹰扬⑤。

不学陶朱隐⑥，游魂悲故乡。

238

## 注 释

①髫年：古代小孩的下垂头发，曰髫，引申为童年。
②秘书郎：钟会敏慧才高，又为世家公子，在仕途上一直很顺利。正始年间，他刚二十岁便任秘书郎。
③子房：即张良。辅佐刘邦打天下的重要谋臣。
④寿春多赞画：诸葛诞夺扬州，据寿春，起兵反抗司马昭。钟会为司马昭出谋划策，平定了内乱。战后，钟会功封陈侯。
⑤鹰扬：以雄鹰飞翔比喻武勇，后多用称赞将军的雄才大略。
⑥陶朱隐：春秋时，越大夫范蠡，功成身退，弃官经商，化名"陶朱公"，此喻功成身退。

## 赏 析

钟会多智善谋，文武兼备，是曹魏后期杰出的人才。

此诗前六句赞颂钟会的才能和功绩，后两句议论钟会之死。钟会自幼聪颖，多智善谋，文武兼备，仕途一帆风顺。在寿春讨伐诸葛诞时，他谋划颇多，策出令行，令行则成。攻打蜀国时，他勇武如雄鹰飞扬，真乃一代人杰！他凭借良策妙计成为司马氏集团的重要辅臣，有张良之才。然而才高人嫉，功高主惮，钟会偏偏又拥兵自重，不甘功成身退。在他发现自己遭到司马昭猜忌后，就反叛起事，结果在乱军中被杀死，成为又一个政治舞台上的悲剧角色，实在可悲可叹！

# 第一百二十回

## 凭吊羊祜

晓日登临感晋臣[①]，古碑零落岘山春[②]。
松间残露频频滴，疑是当年堕泪人[③]。

**注 释**

①登临：游览山水名胜。晋臣：指羊祜。
②零落：衰败。岘山：襄阳南面要塞。羊祜曾镇守襄阳，这里用岘山表达对故人的思怀。
③堕泪人：羊祜为将，深得军民之心。他逝世后，百姓和守边将士建庙立碑，四时祭之。
凡睹碑文者，无不流涕，故名"堕泪碑"。

**赏 析**

这部小说最后一回塑造了一位具有儒将风采的晋国统帅——羊祜。晋灭蜀后，晋与吴双方在军事上对峙了十多年。在此期间，晋朝尚书左仆射羊祜镇守荆州，深得民心。对敌施以怀柔之术，边界气氛宽松，得以生息养民。并且，羊祜的战略眼光、为政之道、人品操守，都为当世人们所景仰。"南州百姓闻羊祜死，罢市而哭。江南守边将士，亦皆哭泣。襄阳人思祜存日，常游于岘山，遂建庙立碑，四时祭之。往来人见其碑文者，无不流涕，故名为'堕泪碑'。"晚唐诗人胡曾游览此地，吊念古人，诗兴勃发，写下这首七绝诗。

当东吴被灭，群臣庆贺，司马炎曾执杯流涕对众人说："此羊太傅之功也，惜其不亲见之耳！"可以说，羊祜这一形象是结构最后一章回的支柱人物。小说家安插诗歌颂扬他，突出他，大概因为羊祜在历史上为西晋一统天下起到过重大作用，在小说叙事结构中也起到过重要作用。

# 张悌之死

杜预巴山见大旗①，江东张悌死忠时。
已拼王气南中尽②，不忍偷生负所知③。

## 注 释

①见：同"现"。巴山：山名，在今湖北江陵西，长江南岸。
②拼：扫除。南中：泛指南方地区。
③负：违背。所知：张悌所言："吴之将亡，贤愚共知。"这句诗的意思是，明知不可为而为之，为的是以死报国。

## 赏 析

晋咸宁五年（279年）十一月，晋武帝司马炎部署兵马，全线出击，大举伐吴。镇南大将军杜预派部将周旨率领八百精兵，绕道而行，偷渡长江，在巴山虚张旗帜，燃起大火，好似千军万马占领了江防要地。吴将"陆景在船上，望见江南岸上一片火起，巴山上风飘出一面大旗，上书：'晋镇南大将军杜预'。陆景大惊……"当晋军占领东吴荆州南郡长江南岸后，便乘势收取湖广诸郡，进攻武昌，军威大振。"遂驰檄约会诸将，一齐进兵，攻取建业。"龙骧将军王浚乘其锋锐，顺江而下，直捣建业。东吴丞相张悌对左将军沈莹、右将军诸葛靓垂泣曰："吴之将亡，贤愚共知；今若君臣皆降，无一人死于国难，不亦辱乎！"乃"独奋力搏战，死于乱军之中"。

张悌明知吴之将亡，不肯屈辱偷生，决心以死报国。张悌这个形象在小说情节中描写文字很少，但毛氏对张悌的气节很赞赏，称他"已拼王气南中尽，不忍偷生负所知。"张悌抱着"死为东吴鬼，生为东吴人"的信念，在吴人望风而降之中死于国难，其精神可嘉。

# 西塞山怀古

西晋楼船下益州①，金陵王气黯然收②。
千寻③铁锁沉江底，一片降旗出石头④。
人世几回伤往事，山形依旧枕⑤寒流。
今逢四海为家日，故垒萧萧芦荻秋⑥。

## 注释

①楼船：巨大的战船。下：顺流而进。益州：指今四川成都。
②金陵：即吴都建业。今在南京。公元前333年，楚威王熊商于石头山筑金陵邑。史载熊商以此地有王气，因埋金以镇之，故曰金陵。黯然：暗淡无光。
③千寻：形容很长。寻，古代的长度单位，八尺为一寻。
④石头：金陵，南京。又名石头城。
⑤枕：坐落。
⑥故垒：旧时的堡垒。萧萧：拟声词。指芦荻在秋风中飘动的响声。

## 赏析

毛宗岗修订《三国演义》时，在东吴灭亡的叙事情节中，借用了一首刘禹锡的名作《西塞山怀古》，使小说诗文辉映，散韵相间，情趣横生。

这首诗前两联在对比中写出了双方的强弱、作战的方式和战争的结局。后两联则重在抒情议论，表达物是人非的感慨。

第一联，"下益州"和"黯然收"对举，益州与金陵相距甚远，然而西晋楼船刚"下益州"，金陵王气便"黯然收"，形象地表现出一方声势赫赫，另一方闻风丧胆的情势。第二联"铁锁沉江底"，写东吴的防御工事被摧毁，结果便是"一片降旗出石头"。这两句不仅写出了东吴兵败如山倒的情形，也让我们看到了西晋摧枯拉朽的强大气势。第三联"人世几回伤往事，山形依旧枕寒流"中，一个"伤"字，点明了诗人凭吊的情感；"几回"一词则让情意悠远深邃了许多，诗人借景抒怀，却又放眼六朝的兴亡，更广阔的历史背景大大提升了诗的境界；而"依旧"两字又巧妙地表达了物是人非的感慨。最后一联"今逢四海为家日，故垒萧萧芦荻秋"，指明如今是天下大一统的局势，割据时代的军事堡垒已荒废在一片秋风芦荻中。

# 三国归晋

高祖提剑入咸阳，炎炎红日升扶桑。

光武龙兴成大统，金乌①飞上天中央。

哀哉献帝绍海宇，红轮西坠咸池傍！

何进无谋中贵乱，凉州董卓居朝堂。

王允定计诛逆党，李傕郭汜兴刀枪；

四方盗贼如蚁聚，六合奸雄皆鹰扬。

孙坚孙策起江左，袁绍袁术兴河梁。

刘焉父子据巴蜀，刘表军旅屯荆襄。

张燕张鲁霸南郑，马腾韩遂守西凉。

陶谦张绣公孙瓒②，各逞雄才占一方。

曹操专权居相府，牢笼英俊用文武；

威挟天子令诸侯，总领貔貅镇中土③。

楼桑④玄德本皇孙，义结关张愿扶主；

东西奔走恨无家，将寡兵微作羁旅。

南阳三顾情何深，卧龙一见分寰宇；

先取荆州后取川，霸业图王在天府。

呜呼三载逝升遐⑤，白帝托孤堪痛楚！

孔明六出祁山前，愿以只手将天补。

何期历数到此终，长星半夜落山坞！

姜维独凭气力高，九伐中原空劬劳。

钟会邓艾分兵进，汉室江山尽属曹。

丕睿芳髦才及奂⑥，司马又将天下交。

受禅台前云雾起，石头城⑦下无波涛；

陈留归命与安乐⑧，王侯公爵从根苗。

纷纷世事无穷尽，天数茫茫不可逃。

鼎足三分已成梦，后人凭吊空牢骚。

## 注释

①金乌：传说太阳中有三足乌，后来也用金乌比喻太阳。

②公孙瓒（zàn）：字伯珪，辽西令支人，出身贵族。杀死刘虞后成为北方最强大的诸侯之一。后与袁绍征战，失败后自焚而亡。

③貔貅（pí xiū）镇中土：貔貅，传说中的猛兽，古代用来比喻勇猛的军队。中土，指中原地区。

④楼桑：刘备原来住在楼桑村。

⑤升遐：古代帝王去世的委婉说法。

⑥丕睿芳髦才及奂：魏国的几任帝王，具体指魏文帝曹丕、魏明帝曹睿、齐王曹芳、高贵乡公曹髦、魏元帝曹奂。

⑦石头城：金陵又叫石头城，是吴国国都。

⑧陈留，指曹奂。曹奂被废后，司马炎封他陈留王。归命，指孙皓。孙皓降后被封为归命侯。安乐，指刘禅。刘禅降后被封为安乐公。

## 赏析

　　这是《三国演义》结尾的一首诗，共五十二句，是以韵文形式写成的史评。它从东汉衰败、天下大乱开始写，到豪强并起、群雄逐鹿，再到三分天下、蜀汉鼎足，最后写分久必合、三国归晋。一幕幕纷争、一段段历史，随着诗文的展开呈现在读者眼前。

　　当初，汉高祖刘邦进兵咸阳，建立大汉，后来虽有王莽篡位，但光武帝刘秀还是以布衣之身，光复汉室。可惜，到汉献帝时，朝政腐败衰颓，大将军何进有勇无谋，宦官作乱，董卓专权。再后来，司徒王允定下连环计，诛杀了董卓，董卓的部下李傕、郭汜兴兵复仇，从此天下大乱。

　　孙坚、孙策、袁绍、袁术、刘焉父子、刘表、张燕、张鲁、马腾、韩遂、陶谦、张绣、公孙瓒等各路英雄乘势而起，各霸一方。最终，曹操以大汉丞相的身份，挟天子以令诸侯，独霸朝纲。

　　刘备乃汉皇宗亲，与关羽、张飞桃园结义，立志齐心协力兴复汉室。但由于将少兵微，他不得不寄人篱下，奔波半生。之后，他三顾茅庐，诸葛亮出山，定下三分天下的策略。刘备等人披荆斩棘，艰苦奋斗数十年，终于在西川成就霸业。可惜，刘备一意孤行，兴兵伐吴，在夷陵之战中被陆逊火烧连营，惨败而归。他也因此一病不起，仅称帝三年，便在白帝城离世。诸葛亮临危受命，六出祁山，虽有旷世奇才，却也无力回天，最终"出师未捷身先死"。姜维承其遗志，九伐中原，也是回天乏术。等到钟会、邓艾分兵伐蜀，刘禅出降，蜀汉政权宣告终结。

　　曹魏政权在历经曹丕、曹睿、曹芳、曹髦、曹奂五位帝王后，最终被司马氏篡夺。司马炎灭吴后，建立晋朝，曹奂被封为陈留王，孙皓被封为归命侯，刘禅被封为安乐公。至此，晋朝实现了天下一统。

　　这首诗以蜀汉为中心，展示魏、蜀、吴三国历史的演进和发展，以诗的语言对小说内容进行了简要的回顾和总结，是整部小说不可或缺的组成部分，具有极高的价值。它再现了三国时期波谲云诡的历史风云，勾画了沧桑百年的金戈铁马。"纷纷世事无穷尽，天数茫茫不可逃"，诗歌在述说三国历史的基础上，又抒发了对朝代更迭、世事沧桑的无限感慨。

篇末的"鼎足三分已成梦，后人凭吊空牢骚"，与卷首词《临江仙·滚滚长江东逝水》遥遥相对，首尾呼应。一"梦"一"空"两个字，味道浓深，既流露出悲观的情绪、空幻的意蕴，又表现出对世事的洞彻和超越，还有叩问历史、俯视历史的大气与崇高，深沉阔大，笔法绝妙。